검선마도

조돈형 新무협 판타지 소설

FANTASTIC ORIENTAL HEROES

검선마도 3

조돈형 新무협 판타지 소설

초판 1쇄 찍은 날 § 2019년 3월 20일
초판 1쇄 펴낸 날 § 2019년 3월 27일

지은이 § 조돈형
펴낸이 § 서경석

총괄팀장 § 최하나
편집책임 § 김대용
편집 § 김설아

펴낸곳 § 도서출판 청어람
등록번호 § 제387-1999-000006호
등록일자 § 1999. 5. 31
어람번호 § 제2-2775호

주소 § 경기도 부천시 부일로 483번길 40 서경B/D 3F (우) 14640
전화 § 032-656-4452 팩스 § 032-656-4453
http://www.chungeoram.com
E-mail § chungeorambook@daum.net

ⓒ 조돈형, 2017

ISBN 979-11-04-91955-8 04810
ISBN 979-11-04-91930-5 (세트)

검선마도

조돈형 新무협 판타지 소설
FANTASTIC ORIENTAL HEROES

③

검선마도

제16장 화산(華山)으로   7

제17장 검선(劍仙)의 후예(後裔)   47

제18장 화산검회(華山劍會)   83

제19장 수검식(受劍式)   151

제20장 매혼루(賣魂樓)   177

제21장 드러난 음모(陰謀)   217

제22장 혈우야괴(血雨夜怪)   253

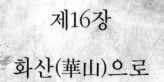

제16장

화산(華山)으로

　풍월이 착각 어린 시선으로 주변을 살피고 있을 때 바람처럼 다가온 점소이의 손짓 두 번에 그가 주문한 술과 돼지고기 볶음, 소면 한 그릇이 탁자 위에 올려졌다.

　정신없는 주루의 분위기와는 달리 술맛도 괜찮았고 돼지고기 볶음 또한 조금 짜기는 했으나 상당히 먹을 만했다. 다만 소면은 삶아놓은 지 오래되었는지 면발에 탄력이 전혀 없었다.

　불만은 없었다. 소면에 특별한 맛을 기대하는 것 자체가 무리였다. 그저 허기진 배만 채우면 그만이란 생각에 풍월은 불은 소면을 돼지고기 볶음 양념에 휘휘 말아 단숨에 삼켜 버리곤 술병을 잡았다.

화끈한 기운이 식도를 타고 내려가고 톡 쏘는 주향이 입안 가득 맴돌았다.

"크! 좋네."

기분 좋게 젓가락을 놀리는 순간, 누군가 그의 어깨를 잡았다.

젓가락 사이에 끼었던 돼지고기가 툭 떨어짐과 동시에 풍월의 인상이 확 구겨졌다.

밥 먹을 땐 개도 건드리지 않는 법이다. 하물며 한 잔 술 뒤에 안주를 떨어뜨리게 만드는 것은 실로 용서할 수 없는 만행이었다.

신경질적으로 고개를 돌리던 풍월 앞에 나른한 표정의 점소이가 서 있었다.

"이게 무슨……."

점소이는 이번에도 그의 말을 잘랐다.

"합석이오."

풍월의 의견 따위는 아예 필요 없다는 듯한 태도로 엽차 두 잔을 놓고 손짓을 했다.

점소이의 손짓에 두 사내가 머뭇거리는 태도로 다가왔다.

그중 한 사내가 풍월에게 살짝 고개를 숙이며 말했다.

"미안하게 되었소. 자리가 협소하⋯⋯."

사내의 말도 바로 잘렸다.

"빨리 앉아요. 그리고 주문이 가능한 건 술과 밥, 돼지고기 볶음, 소면뿐입니다."

피곤에 찌든 얼굴에서 흘러나오는 음성엔 거역하기 힘든 뭔가가 있는 모양이었다.

풍월이 그랬던 것처럼 사내들 역시 찍소리 못 하고 자리에 앉더니 곧바로 주문을 했다.

"술과 돼지고기 볶음."

"난 밥까지 추가."

사내들의 말이 끝나기도 전에 점소이의 신형은 이미 주방을 향해 움직이고 있었다.

한바탕 태풍이 불고 지나간 듯했다.

어정쩡하게 젓가락을 들고 있는 풍월과 얼떨결에 그의 맞은편에 앉게 된 두 명의 사내 사이에 어색한 기운이 흘렀다.

"초면에 미안하게 되었소. 자리가 이래서 부득이하게 합석을 하게 되었구려."

"아닙니다. 편히 앉으세요."

풍월이 부드럽게 웃으며 말했다.

이미 자리에 앉은 상황에서 안색을 붉힌다고 변할 건 없고 오히려 서로의 기분만 상할 것이다. 게다가 어찌 보면 자신은 물론이고 사내들 역시 점소이의 만행에 당한 피해자라고 할 수 있었다.

"고맙소. 이것도 인연이라면 인연인데 통성명이나 합시다. 상춘에서 무관을 하고 있는 이관걸이라 하오."

"두진명일세."

사내들이 자신을 소개하자 풍월도 예를 차렸다.

"화도에서 온 풍월이라 합니다."

"화도라면……"

이관걸이 고개를 갸웃거리자 자신을 소개할 때마다 비슷한 반응을 여러 번 겪은 풍월이 웃으며 말했다.

"먼 바다에 있는 섬입니다."

"아, 그렇구려. 한데 그 먼 곳에서 이곳까지는 무슨……. 아, 미안하오. 내가 괜히 쓸데없는 것을 물었소."

이관걸이 얼른 사과했다.

"아닙니다. 세상 구경을 하다 때마침 화산에서 큰 회합이 있다고 하여 와보았습니다. 과연 명성 높은 문파답게 참으로 많은 사람들이 참여하는 것 같습니다."

"하하! 내일이면 더 몰려들 것이오. 아무튼 잘 오셨소. 장담컨대 결코 후회하지 않을 것이오."

이관걸의 음성엔 어딘지 모르게 자부심이 가득 담겨져 있었다. 짚이는 것이 있었다.

"혹, 두 분께선 화산파와……."

이관걸이 기다렸다는 듯 말했다.

"속가제자요. 청우 스승님 밑에서 함께 수학을 했소. 지금 집법전주님이 되셨다고 했던가?"

이관걸이 두진명을 향해 물었다.

"부전주. 전주님은 도은 사조님이시고."

"아! 맞다. 그랬지. 옛날 생각나네. 참으로 엄하신……."

이관걸의 추억담은 소리 없이 다가와 음식을 뿌리고 사라지는 점소이로 인해 단박에 끊겼다.

"화산은 점소이마저도 뭔가 확실히 다른 것 같습니다."

농인지 진담인지 모를 풍월의 말에 이관걸과 두진명은 멋쩍은 미소를 흘리며 정신없이 음식을 먹기 시작했다.

사이사이 술잔을 기울인 세 사람은 어색함을 벗어던지고 이내 편안하게 말을 주고받기 시작했다.

"솔직히 기대는 하고 왔지만 이렇게 많은 사람들이 몰릴 줄은 몰랐습니다. 예전에도 이렇게 규모가 컸습니까?"

풍월이 탁자를 스쳐 지나가는 점소이에게 술병을 흔들어 주문을 하곤 물었다.

"글쎄. 나도 이번이 두 번째라 뭐라 단정 짓긴 힘들지만 지난번 검회에 참여했을 때보다는 확실히 규모가 커졌네. 이 정도 분위기라면 거의 두 배는 커진 것 같아. 아무래도 그 영향이 있는 것 같지?"

이관걸의 물음에 두진명이 고개를 끄덕였다.

"그렇겠지. 하지만 효과가 있을지는 모르겠다."

처음 살짝 낯을 가렸던 두진명은 한결 편해진 태도로 말을 이어갔다.

"참가 인원을 감안했을 때 어느 정도 성공했다는 것은 알겠지만 윗분들이 원하는 효과가 단순히 세를 과시하려는 것은 아닐 테니까."

"이번 검회가 예전과 다른 점이 있습니까?"

풍월이 조심스레 물었다.

"큰 줄기엔 변함이 없네. 다만 사소한 부분에서 차이가 있다고……."

이관걸의 말이 끝나기도 전에 두진명이 바로 말을 자르고 들어왔다.

"그게 어째서 사소한 거야? 엄청난 변화지."

"그런가? 하지만 결과는 뻔하잖아. 누구도 다를 것이라 예상치 않을걸?"

"그래도 모르는 거야. 이변이라는 것은 늘 존재하는 것이니까."

회의적인 이관걸과는 달리 두진명은 뭔가 일이 벌어지기를 은근히 기대하는 사람 같았다.

"그러니까 그 변화가 뭐냐고요?"

소외된다는 느낌을 받았는지 풍월의 목소리가 실쩍 올라갔다.

"아, 미안. 또 우리끼리만 얘기를 나누었군. 자네 이번 검회에서 비무대회가 있는 것은 알지?"

"알지요. 모든 이들이 가장 기대하는 거잖아요. 화산파의 절기를 마음껏 구경할 수 있다면서."

"맞는 말이야. 동문 사형들끼리 선의의 경쟁을 펼치는 모습은 정말 장관이지. 더구나 이번 비무대회의 결과를 통해 결원이 생긴 매화검수까지 뽑는다는 말이 있으니 정말 치열할 거야."

이관걸이 부러움 가득한 얼굴로 말하다가 얼른 고개를 흔들었다. 또다시 말이 샌다고 여긴 것이다.

"과거 비무대회엔 오직 본산의 제자만이 참가를 할 수 있었어. 사실 그게 맞지. 속가제자들이 아무리 열심히 무공을 익힌다고 해도 본산에서 많은 사부님들을 모시고 익히는 이들과 비교한다는 것 자체가 말이 안 되는 것이니까."

이관걸의 한숨과 함께 두진명이 말을 받았다.

"그런데 이번 검회에서부턴 속가제자들도 참가를 허락받았네. 이대제자와 같은 배분과 비슷한 나이의, 즉, 대충 서른 정도가 최대치라고 보는데 그 조건에 부합되는 제자라면 누구라도 비무대회에 참가할 자격을 주겠다는 것이야. 실력만 되면 속가제자가 화산파의 상징이라 할 수 있는 매화검수가 될 수도 있다는 말이지."

"속가제자에게도요? 이야, 놀랄 일이네요. 그런데 그게 되겠어요? 형님들 말씀대로 아무리 열심히 무공을 익혔다고 해도 본산 제자들이야 밥만 먹고 하는 일이 그걸 텐데요."

풍월이 놀라는 한편 몹시 회의적인 얼굴로 말했다.

이관걸이 어째서 그런 표정을 지었는지 이해도 됐다.

"거기엔 이유가 있네."

두진명이 전에 없이 진지한 표정으로 물었다.

"자네, 화평연(和平宴)에 대해선 알고 있나?"

"물론입니다."

모를 수가 없었다.

어릴 적 헤어졌던 할아버지들께서 바로 그 화평연에서 극적으로 재회를 했으니까.

할아버지들께 들었던 화평연에 관한 기억이 조금씩 떠올랐다.

화평연.

십 년 주기로 열리는 연회.

이름 그대로 무림의 평화를 기원하는 화합의 장이나 언제부터인가는 지옥연(地獄宴)이런 이름으로 너 많이 불리고 있었다.

출발은 검황에 의해 정마대전이 종식되고 정확히 오십 년 후였다.

정마대전이 끝났을 때 무림은 사실상 초토화된 상태였다. 무림을 빛내던 수많은 인재들, 기인이사들과 함께 그들이 익혔던 무공들이 사장되었고 각 문파의 비전절기 또한 상당수가 소실되거나 절전되었다.

무림은 다시없을 암흑기를 맞이했지만 역설적으로 그때가 가장 평화로운 시기이기도 했다. 힘을 발산하고 싶어도 그럴 만한 역량이 되지 못했기 때문이었다.

시간이 흐르고 남은 이들의 필사적인 노력으로 무림이 과거의 성쇠를 어느 정도 회복했을 즈음 꽤나 오랫동안 유지되어 왔던 평화에 금이 가기 시작했다.

곳곳에서 크고 작은 분란이 터져 나왔고 그 규모가 점점 커져만 갔다.

과거와 같은 정마대전이 벌어지면 결국 공멸을 하고 만다는 위기감에도 한번 당겨진 불씨는 쉽사리 사그라들지 않았다.

바로 그때, 사마세가에서 나름의 묘안을 제시했다.

무림에서 벌어지고 있는 온갖 분란을 분석한 사마세가는

문제의 수많은 요인 인자 중 가장 큰 원인을 자기의 실력, 힘을 과시하고자 하는 욕망의 분출로 보았다.

사마세가는 동정호 군산에 거대한 비무대를 만들고 당시 가장 실력이 뛰어나다고 여겨지는 후기지수 스무 명에게 정중히 비무첩을 띄웠다.

스무 명 중 구대문파와 사대세가에 속한 사람이 열 명, 그리고 패천마궁에 속한 사람이 열 명이었다.

사람들은 사마세가에서 초대한 인물들의 면면을 살펴보곤 그들의 의도를 금방 파악할 수 있었다.

사마세가에서 여느 비무대회처럼 단순히 우승자를 가리는 것이 아니라, 그저 단 한 번의 비무로 자신의 기량을 뽐낸다는 묘한 규칙을 제시했을 때 사람들은 광분하지 않을 수 없었다.

정파를 대표하는 후기지수 열 명에 패천마궁의 후기지수 열 명이 한 번씩 비무를 한다는 것은 곧 단체전이나 마찬가지. 과거에 벌어졌던 정마대전의 축소판임을 제대로 보여주는 것이기 때문이었다.

그런 이유로 많은 이들이 비무대회가 제대로 성사될까 의심을 했지만 약속된 날에 비무첩을 든 스무 명의 후기지수들은 물론이고, 그들이 속한 문파와 세가, 세력에서 보낸 이들과 혹시나 하는 마음으로 구경을 온 이들로 인해 군산은 인산인해를 이뤘다.

의심은 환호성으로 변했고 이런 볼거리를 만들어낸 사마세기를 칭송했다.

비무대회를 주관한 사마세가는 단 네 가지 규칙만을 제시했다.

첫째, 비무대에 오른 자는 어떤 무기를 써도 상관없다. 승부에 있어 수단과 방법을 따지지 않는다.

둘째, 항복을 선언한 자의 목숨은 보장한다.

셋째, 한 사람당 비무는 오직 한 번뿐이다.

넷째, 비무대회의 결과에 대한 어떠한 분란도 용납하지 않는다.

어쩌면 가장 중요할 수 있는 것이 네 번째 규칙이었는데 당시 직접 대회를 참관했던 패천마궁의 궁주가 자신의 명예를 걸고 규칙의 이행을 약속하면서 문제의 싹을 지워 버렸다.

한데 패천마궁의 궁주는 첫 대전에서 항복을 하고 돌아온 비무자의 목을 날려 버림으로써 패천마궁의 대표에게 항복은 절대 없다라는 사실을 모두에게 각인시켰다.

패천마궁의 후기지수들이 죽을 각오로 비무에 임하자 자연스럽게 모든 참가자들의 비무는 실전 그 이상으로 치열하게 변해 버렸다.

화평연은 그렇게 시작부터 피로 점철되며 지옥연이란 악명을 얻게 된 것이다.

"그런데 자넨 무림인명부가 화평연이 끝난 다음에 발표가 되는 이유를 아나?"

이관걸이 풍월의 상념을 깨뜨리는 질문을 던졌다.

"글쎄요."

풍월이 고개를 갸웃거렸다.

할아버지들께 들은 기억이 어렴풋이 떠오르기는 했지만 정확하지가 않았다.

"십 년 주기로 발표가 되는 것은 알고 있지만 그때가 화평연 뒤였나요?"

"원래는 아니었지. 십 년 주기는 맞지만 시기는 그때마다 조금씩 달랐거든. 하지만 화평연이 처음 시작됐을 때 십 년마다 발표되던 무림인명부가 그 관례를 깨고 삼 년 만에 새롭게 발표되었네. 이후, 날짜가 거의 고정되었지. 화평연의 비무대회가 끝난 이후에 발표되는 것으로."

"이유가 있겠군요."

"있지."

목이 타는지 술잔을 비운 이관걸이 달뜬 목소리로 설명을 이어갔다.

"화평연의 비무대회의 규칙 중 이런 게 있어. 어떤 분란도 용납하지 않는다."

대충은 알고 있었지만 풍월은 굳이 내색하지 않았다.

"말이 좋지 분란이 일어나지 않을 수가 없지 않나. 각 가문이나 문파, 세력들이 애지중지하는 제자, 후손들이 목숨을 잃었는데."

"하지만 규칙이……."

"패천마궁의 궁주가 자신의 명예를 걸고 약속을 하고 구대문파의 문주들과 사대세가의 가주들이 동의한 규칙을 누가 감히 깨뜨리려 할까. 미치지 않고서야 어림없는 짓이지. 그럼에도 불구하고 사람들은 방법을 찾아냈어. 분란을 일으키지 않는 선에서."

이관걸이 다시 질문했다.

"화평연이 어째서 지옥연이라 불리는지 아나?"

풍월이 기억을 떠올리며 답했다.

"치열해서 그런 것 아닙니까? 비무에 나선 자들의 대부분이 목숨을 잃었다고 들었습니다."

"틀린 말은 아니나 정확한 말도 아니네. 화평연이 지옥연이라 불리게 된 이유는 사실 따로 있어."

"그게 뭡니까?"

"아이들 싸움이 어른 싸움이 된다고, 당시 첫 번째 비무대회에 참석했다가 목숨을 잃은 후기지수와 관계 있는 이들이 상대의 사부와 가족에게 비무를 신청했거든."

"아!"

기억이 떠오른 풍월의 입에서 탄식이 흘러나오자 그 의미를 놀람으로 해석한 이관걸이 한층 진중한 음성으로 말을 이었다.

"첫 번째 화평연이 열렸을 때 사마세가에선 꽤나 심혈을 기울여서 무림의 명사들을 초청했네. 십대고수 중 무려 일곱 명이 참석을 할 정도였으니까. 문제는 그 일곱 명 중 다섯이 비무첩을 받은 자들과 연관이 있었다는 것이지."

"어른 싸움이 벌어진 것이군요."

풍월이 적당히 맞장구를 쳐줬다.

"맞았어. 명분도 있었지. 무림인명부가 발표된 후엔 등수에 불만을 품은 자들이 그것을 고치기 위해 도전장을 던지는 것이 일종의 관례처럼 굳어졌으니까. 물론 피하면 그만이었으나……."

"피할 수가 없겠지요. 그 많은 사람들 앞에서."

"맞아. 그런 이유로 많은 비무가 벌어졌고 수많은 이들의 피가 다시금 비무대에 뿌려졌지. 사부와 제자, 아버지와 아들이 한날에 죽는 비극적인 장면이 곳곳에서 벌어지고 말았네. 말그대로 지옥도가 펼쳐진 것이라 해도 과언은 아니었겠지. 바

로 그 이유로 인해 무림인명부가 화평연 뒤에 발표되기 시작
했네. 물론 첫 대회를 제외하곤 십대고수들이 충돌하는 일은
극히 드물었지만 그래도 무림인명부에 등재될 만한 고수들이
워낙 많이 목숨을 잃었거든."

두진명이 슬쩍 끼어들었다.

"올해는 그 치열함이 더욱 심할 것이네."

"어째서 그럴까요?"

두진명의 말에 풍월이 빈 잔에 술을 부으며 물었다. 두진명
이 단숨에 술을 비우곤 입을 뗐다.

"지금까지 열여섯 번의 비무대회가 있었는데 그중 여섯 번
의 승리와 여섯 번의 패배, 네 번의 무승부가 있었네. 그 팽팽
한 승부의 균형추가 내년에 벌어질 화평연에서 깨지게 되어
있단 말이지."

"각 진영에서 열 명씩 나서니까 오 대 오 승부가 돼서 또다
시 무승부가 될 수도 있는 것 아닙니까?"

풍월이 의문을 표했다.

"아니, 무승부는 초창기에나 있었던 것이고. 오 대 오로 승
부를 가리지 못하면 승자 중 한 명이 대표로 나서 최후의 승
부를 겨루는 방식으로 바뀌었네. 일설에 의하면 패천마궁의
궁주가 짜증을 내서 그렇다는 말이 있기는 하지만 확인된 것
은 아니고."

풍월이 슬쩍 웃었다.

'그건 확실하답니다.'

과거 광혼으로부터 확실하게 들은 기억이 났다. 무승부를 참지 못한 패천마궁의 심통으로 그렇게 변한 것이라고.

"아무튼 그런 상황이라면 확실히 치열하긴 하겠네요."

풍월이 이해가 되었다는 얼굴로 고개를 끄덕이자 두진명이 쓴웃음을 지었다.

"단순히 치열한 정도가 아니네. 화산파는 그 어느 때보다 절박해. 속가제자들에게까지 문호를 넓힐 정도로."

"역시 지난 대회의 충격이 컸던 탓이겠지?"

이관걸이 물었다. 두진명이 한숨을 내쉬며 술잔을 들었다.

"당연하지. 망신도 그런 망신이 없었잖아."

"왜요? 아, 화산파의 대표가 패한 모양이네요."

풍월이 알은체를 하자 두 사람의 얼굴이 동시에 일그러졌다.

"흥! 패하기라도 했으면 다행이지. 아예 패할 기회도 없었으니까 문제지."

이관걸이 거칠게 술잔을 들었다.

잔에 술병을 기울이던 두진명이 술이 떨어졌다는 것을 확인하곤 점소이를 향해 신경질적으로 손짓하며 말했다.

"그에 반해 무당파의 활약은 대단했지. 난데없이 등장한 속가제자까지 그런 실력을 보여줬으니 본문의 조사님들께서 받으신 충격은 엄청나셨을걸."

풍월이 얼른 물었다.

"패할 기회가 없었다니요? 설마 화산파의 대표가 화평연에 참석하지 못했다는 말은 아니겠지요?"

"아니긴, 자네 예측이 맞네. 화산파의 대표는 참석할 자격도 얻지 못했어. 그전에 참가했던 비무대회에선 변변한 활약도 해보지 못하고 박살이 났다지, 아마."

"화산검선께서 비무대회에 참가하셨을 때만 해도 화산파의 위상이 막강했는데 말이야."

화산검선이란 말에 움찔한 풍월이 애써 미소를 감추며 점소이가 때마침 내려놓은 술병을 들어 빈 잔을 채웠다.

"일 년 정도 남았나? 아마도 이번에 우승한 친구가 본문을 대표해서 나설 텐데, 솔직히 화평연의 비무대회에 참가하게 될지 어떨지는······."

"당연히 참가해야지. 그래서 지난번의 망신을 톡톡히 갚아줘야지. 우리라고 무당파가 보여준 활약을 하지 말란 법은 없잖아."

두진명의 확신에 찬 음성과는 달리 말없이 술잔을 드는 이관걸의 표정은 꽤나 회의적이었다.

"그렇지. 나라고 그걸 왜 바라지 않을까. 하나 냉정히 말해

서 가능성은 별로 없다고 봐. 오랜 내분으로 인해 화산파의
정기가 많이……."

"어허! 쓸데없는 소리!"

두진명이 얼른 말을 자르고 나섰다.

그제야 풍월의 존재를 의식한 이관걸이 입을 다물었다.

본산에서 벌어지는 일이 아무리 마음에 들지 않아도 내부
의 치부를 외부 사람에게 알리는 것은 당연히 금해야 했다.
물론 화산파가 오랜 시간 동안 내분을 겪고 있다는 사실을
모르는 무림인은 거의 없었지만.

풍월은 이후에도 두 사람에게 화산검회와 화평연에 관한
많은 이야기를 들을 수 있었다.

화평연의 비무대회에 참가할 수 있는 비무첩의 배분이 구대
문파와 사대세가에 집중되었던 초창기와는 달리 구대문파에
넉 장, 사대세가와 일반 문파에 각 석 장씩 배분이 된다는 것
은 할아버지들께서 설명을 빼먹은 것인지 기억에 없던 사실이
었다.

그리고 무당파의 속가제자가 바로 그 일반 문파에 배당된
비무첩을 획득하고 지난 화평연에서도 맹활약을 했다는 설명
을 들으며 화산파에서 속가제자들에게까지 기회를 확대한 정
확한 이유를 확인할 수 있었다.

더불어 술에 취한 이관걸로부터 화산파의 내분에 대해서도

슬쩍 들을 수 있었다.

이관걸은 현 장문인의 노력으로 과거에 비해 상처가 상당히 봉합이 되었으나 그간에 워낙 골이 깊게 패인지라 여전히 간극이 존재하고, 완벽하게 치유가 되려면 세월이 제법 필요할 것이라며 자조 섞인 한탄을 내뱉었다.

이후, 풍월은 술을 조금 더 한다는 두 사람과 아쉬운 이별을 하곤 간신히 방을 구해 잠을 청했다.

다음 날 새벽, 일찌감치 자리에서 일어나 화산으로 향한 풍월은 아침나절 화산파의 산문에 도착할 수 있었다.

비교적 이른 아침임에도 많은 이들이 화산파에 속속 도착하고 화산파의 제자들은 손님을 맞느라 분주히 움직였다.

화산파를 찾는 손님들은 세 부류로 분류가 되었다.

각 문파의 사절이나 무림에 명성을 떨치고 있는 귀빈들은 지객전으로 안내를 받았다.

단순한 속가제자들은 화산 곳곳에 위치한 각 도관으로 흩어졌다. 그리고 풍월처럼 아무런 연고도 없이 그저 화산검회의 명성만을 보고 찾아온 사람들은 임시로 설치된 천막으로 안내되었다.

천막이라 해봐야 이슬과 비를 겨우 피할 수 있을 정도였다. 대다수의 사람들은 화음현에서 잠자리를 했고, 천막은 그저 잠시 앉아 휴식을 취하는 용도로만 사용했다.

애당초 화산에 오른 목적이 있는 풍월은 천막에 머물 이유가 없었다.

천막을 관장하고 있는 제자들을 통해 도진이 연화봉에 머물고 있다는 것을 확인하곤 곧바로 산을 올랐다.

곳곳에 많은 제자들이 있었지만 때가 때이니만큼 이상하게 보지 않았다. 다만 화산파에서 중히 여기는 장소나 도관을 지날 땐 몇 번 제지를 당했는데, 그때마다 적절한 임기응변으로 핑계를 대고 큰 문제 없이 산을 오를 수 있었다.

"후! 덥네."

풍월이 바위에 걸터앉으며 땀을 닦았다.

산바람이 시원하게 불고 있음에도 내리쬐는 햇빛이 워낙 강렬해 전신이 땀으로 흠뻑 젖었다.

"아직 멀었나? 꽤 많이 올라온 것 같은데."

풍월이 산 아래를 살폈다.

산 밑의 도관들은 주먹만 했고 사이사이 분주히 움직이는 사람들은 작은 개미처럼 보였다.

"확실히 공기가 달라."

어딘가 들뜬 아래쪽과는 달리 위쪽으로 올라올수록 제자들의 분위기가 무척이나 차분했다. 그 차분함 속에 느껴지는 긴장감이 왠지 좋았다.

그때였다.

차분함과는 전혀 어울리지 않는 소음이 들리며 산 위쪽에서 이십여 명은 족히 되어 보이는 아이들이 우르르 달려왔다.

금방이라도 쓰러질 것 같은 거친 호흡, 하나같이 땀이 범벅이가 된 채 뿌얀 먼지를 뒤집어써서 꽤나 꾀죄죄한 몰골이었는데 다들 몹시 절박한 표정이었다.

"아, 좀 비켜요!"

앞선 사내아이가 버럭 소리를 질렀다.

풍월은 아이들의 기세에 눌려 얼른 자리를 비켜주었다.

아이들은 순식간에 풍월을 스쳐 지나갔다.

뭔가 이상한 느낌이 들었다.

마치 경험을 해본 듯한, 아니, 경험을 해보지 않았어도 언젠가 꼭 보았던 광경 같았다.

풍월이 그 이유를 떠올리고자 열심히 머리를 굴리고 있을 때 아래쪽에서 키득거리는 웃음소리와 함께 가죽으로 만든 커다란 물주머니를 짊어진 젊은 도사 둘이 올라오고 있었다.

"흐흐흐! 귀여운 것들. 다들 개고생들 하는군. 아, 옛날 생각나네. 안 그래, 사제?"

운파가 입가에 가득 미소를 띠며 물었다.

"쓸데없는 소리 말고 빨리 가기나 해……."

숨을 헐떡이던 운공이 풍월을 확인하곤 멈칫했다.

"벌써 세 번쨴가? 청괴 사백도 정말 지랄 같았는데 운진 사

형 또한 만만치 않네. 굳이 저런 방식 말고도 수련하는 방법
은 많을 텐데 말이야. 쯧쯧, 말이 수련이지 따지고 보면 괴롭
히는 거나 마찬가지잖아. 이건 학대야. 다른 문파에서 알까
두렵다."

"쓸데없는 말은 하지 말고요."

"왜 쳐? 내가 틀린 말한……."

뿌루퉁히 말을 이어가던 도사가 풍월을 보곤 말끝을 흐렸
다. 그제야 사제가 옆구리까지 쳐가며 입을 막으려는 의도를
이해했다.

"누구십니까?"

운파가 건들거리며 물었다.

"풍월이라 합니다."

재차 질문을 하려는 운파의 입을 황급히 틀어막은 운공이
조심히 물었다.

"혹 속가제자신지요?"

"아닙니다."

"아, 검회를 구경하러 오셨군요. 한데 여기까지 올라오시면
안 됩니다. 길을 잃으신 것이라면 방금 내려간 아이들을 따라
내려가시면 될 겁니다."

운공이 얼굴 가득 미소를 띠며 말했다.

"길을 잃은 것이 아니라 누구를 찾아뵈려고 왔습니다."

"누구를 찾으시는지요?"

운공이 조금은 경계 섞인 눈빛으로 물었다.

"도진이라는 도명을 쓰시는 것으로 압니다."

"도진? 어디서 많이 듣던……. 야!"

고개를 갸웃거리던 운파가 옆구리를 붙잡고 버럭 소리를 질렀다.

고개조차 돌리지 않은 운공이 한층 신중한 자세로 물었다.

"사조님을 찾아오신 겁니까?"

"아!"

운파의 입에서 아차 싶은 탄성이 터져 나왔다.

"도진이란 분이 도사님의 사조님이 되신다면 아마 그럴 것입니다."

"혹, 무슨 일인지 여쭤도 되겠습니까?"

"할아버지께서 전해주라는 물건이 있어서 왔습니다."

"댁의 할아버님이 누굽니까?"

"사형!"

운공이 깜짝 놀라 소리쳤다.

"아니, 수상하잖아. 난데없이 손님이라니. 내 기억으론 지금껏 외부에서 사조님을 찾아온 사람이 없어."

"그걸 우리가 따질 일은 아니잖습니까?"

"어? 그건 또 그러네. 알았다."

운파가 어깨를 들썩이며 싱겁게 물러나자 운공이 맥이 탁 빠지는 한숨을 내신 후 정중히 말했다.

"따르시지요. 사조님께 모시겠습니다."

"감사합니다."

고개를 숙인 풍월은 무거운 물주머니를 짊어지고도 가볍게 발걸음을 옮기는 운파와 운공의 뒤를 따르며 자신도 모르게 미소를 짓고 말았다.

그제야 떠오른 것이다.

체력을 기르기 위해 화도 주변을 몇 바퀴씩 뛰던 자신에게 연화봉 천 길 낭떠러지에서 떨어진 오줌보를 찾기 위해 하루에도 몇 번이나 산을 오르내린 것에 비하면 수련도 아니라고 강조에 강조를 거듭했던 할아버지의 모습이.

옛 추억을 떠올리며 흐뭇한 미소를 짓던 풍월이 앞서가던 이들에게 물었다.

"화산검회의 꽃은 비무대회라 들었습니다. 두 분도 참가하십니까?"

"글쎄요. 아직은 실력이 되지 않아서요."

운공의 말에 운파가 목소리를 높였다.

"실력이 안 되다니? 사제 몰라도 이 사형은 솔직히 해볼 만하잖아."

"다른 사형들 실력 몰라서 그래요? 어림없지."

"실력이 좋은 건 알지만 다들 화초들이야. 자고로 비무대회는 말이다, 우리같이 잡초처럼 자란 인간들이 더 강한 법이지."

운파가 마치 경험 많은 고수처럼 너스레를 떨자 운공이 어이없다는 듯 되물었다.

"그렇게 설레발 떨다가 지난달에 박살 난 거 벌써 잊었어요?"

"그건 내가 방심을……."

"지랄! 적당히 좀 해요. 실력이 받쳐주지 않는 자존심은 만용이라고요."

참지 못한 운공이 버럭 소리를 지르자 움찔한 운파가 얼른 손사래를 쳤다.

"그, 그래, 알았다. 그러니까 화 좀 내지 마라. 사제가 화를 낼 때마다 심장이 쪼그라들어 죽겠다."

씩씩대는 운공을 달래느라 애쓰는 운파를 보며 풍월은 마치 친형제처럼 참 재미있고 사이좋은 사형제라는 생각을 했다. 자신에게도 형제가 있었다면 저렇게 지냈을까 하는 생각에 조금은 부러웠다.

그렇게 투닥거리는 사이, 세 사람은 연화봉 정상에서 조금 못 미처 자리한 도관에 도착할 수 있었다.

그들이 도관의 문으로 향하는 계단을 오르자마자 기다렸

다는 듯 호통이 들려왔다.

"이놈들! 어디서 농땡이를 치고 이제 기어오는 거냐?"

문 앞에서 중년의 도사가 두 눈을 매섭게 부라렸다.

입고 있는 도복만 아니라면 어디 뒷골목에서 행세깨나 하는 왈패나 녹림의 식구라 해도 과언은 아닐 정도로 부리부리한 눈, 큰 덩치에 우락부락한 얼굴을 지니고 있었다. 목청도 산이 쩌렁쩌렁 울릴 정도로 컸다.

사부 청연의 음성에 운파와 운공의 몸이 본능적으로 움츠러들었다.

"어째서 대답을 못 해? 내 분명 서두르라고 했다. 오늘 내로 물동이를 채우려면 적어도 서너 번은 더 내려갔다 와야 한다고. 설마 아래쪽 분위기에 취하기라도 한 것이냐?"

계단에 막 발을 걸치던 풍월은 청연의 호통에 꼼짝 못 하는 두 사형제들의 모습에 피식피식 웃음이 나왔다.

운파와 운공이 청연의 질문에 머뭇거리며 대답을 하지 못하고 있을 때 풍월이 계단을 올라왔다.

당황한 청연이 눈짓으로 그의 정체를 물었다.

"사조님께 볼일이 있다고 하셔서 모셔왔는데요."

사부의 꾸짖음에서 벗어날 기회를 잡았다고 여긴 운파가 재빨리 설명을 했다. 의도와는 달리 청연이 살벌하게 눈을 부라렸다.

"미친 게냐? 이곳에 아무나 데려오면 어쩌자는 것이냐?"

화를 내고 보니 멀뚱히 서 있는 풍월에게 미안한 마음이 들었는지 얼른 사과를 했다.

"아, 미안하오. 시주가 아무나라는 것은 아니오만……."

"괜찮습니다. 누구나 할 수 있는 당연한 의심이지요."

풍월의 담담한 말에 청연은 당사자를 앞에 두고 자신의 말이 너무 심했음에 다시금 자책했다.

"이것 참. 정말 미안하게 되었습니다."

"하하하! 신경 쓰지 마십시오. 저는 정말 괜찮습니다."

"허허허! 이른 아침부터 연화봉에 보이지 않던 까치가 울더니만 반가운 손님이 온 모양이구나."

도관 안쪽에서 편안한 웃음과 함께 찻잔을 든 오 척 단구의 노도사가 걸어 나왔다.

풍월은 그가 바로 할아버지의 제자 도진임을 직감할 수 있었다.

"날도 뜨거운데 뭣 하러 나오십니까? 그냥 방에서 쉬고 계시지."

청연이 심술궂은 말투로 소리쳤다.

말속에 담긴 친밀감에 풍월의 입가에 엷은 미소가 지어졌다.

"사조님을 뵙습니다."

운파와 운공도 공손히 머리를 조아렸다.

"이놈들아, 평소에 하던 대로 해라. 손님이 오셨다고 안 하던 행동을 하면 일찍 죽는 법이다."

도진이 웃으며 말했다.

"억울합니다, 사조님!"

"손님 앞에서 모함을 하시면 안 되지요."

운파와 운공이 발끈하여 소리쳤다.

"이것들이! 눈 안 깔아?"

운파와 운공은 청연의 한마디에 찍소리도 못 하고 입을 다물었다. 하지만 그들의 시선은 왜 쓸데없는 말을 해서 이런 사단을 만드냐는 항의를 담고 도진에게 향해 있었다.

도진을 향해 억울함을 드러내는 운파와 운공, 그들에게 눈을 부라리며 혼을 내는 청연, 그런 청연의 뒤통수를 후려치며 너나 잘하라고 훈계하는 도진을 보며 풍월의 입가에 걸린 미소는 더욱 짙어졌다.

그들 사이를 이어주는 사제 간의 따뜻한 사랑, 눈에는 결코 보이지 않는 끈끈한 정이 그대로 전달되었다.

가슴 한편에 묘한 울림이 일었다. 그런 떨림을 실어 입을 열었다.

"노도사님께서 도진이란 분이십니까?"

"그렇다오. 이 늙은이가 그런 도호를 가지고 있소만."

도진이 온화한 미소를 지으며 말했다.

"할아버지가 보내셨습니다."

"조부님이시라면……."

약간의 의아함이 깃든 음성이었다.

"송산이란 도명을 지니셨습니다. 무림에선 그분을 일컬어 화산검선이라 부르더군요."

쨍그랑!

도진의 손에 있던 찻잔이 바닥에 떨어지며 산산조각이 났다.

"지, 지금 누구라고 했는가? 송… 산이라 하셨는가?"

"예, 맞습니다."

"아!"

도진의 몸이 부르르 떨렸다.

"시, 시주가 정녕……."

도진의 눈에서 눈물이 주르르 흘러내렸다.

송산, 아니, 화산검선이란 별호를 듣자마자 상황의 전모를 파악한 청연은 놀람과 감격, 더불어 안쓰러움, 걱정이 가득한 눈빛으로 도진을 바라보았다.

그에 반해 갑작스러운 상황에 운파와 운공은 영문을 알 수가 없어 당황하는 기색이 역력했다.

"사부… 님은, 사부님은 강녕하신가?"

"그것이……."

풍월은 차마 대답을 할 수가 없었다. 도진의 눈동자가 급격하게 흔들렸다.

"서, 설마……."

"예, 작년에 우화등선하셨습니다."

"아!"

깊음을 알 수 없을 정도의 무거운 탄식과 함께 도진의 몸이 크게 휘청거렸다.

"사부님!"

깜짝 놀란 청연이 얼른 부축했다.

"괜찮다."

청연의 손을 뿌리친 도진이 붉어진 눈동자로 풍월을 응시하다 입을 열었다.

"미안하네만 이 늙은이에게 잠시 시간을 주게나, 청연아."

"알겠습니다, 사부님."

청연이 무겁게 고개를 끄덕였다.

풍월을 청연에게 맡긴 도진이 힘겨운 걸음걸이로 도관으로 들어갔다.

그 뒷모습을 보는 청연의 눈에도 물기가 가득했다.

삼십 년 가까이 사부를 모셨지만 지금처럼 외롭고 슬픈 뒷모습을 본 적이 없었다.

"사부님의 충격이 크신 모양입니다. 이해해 주시지요."

청연이 덩치에 어울리지 않게 정중히 사과를 했다. 화산검선과의 관계 때문인지 말투도 꽤나 조심스러웠다.

"아닙니다. 저는 괜찮습니다."

풍월이 당치 않다는 듯 고개를 저었다.

광혼과 송산, 두 할아버지를 연이어 떠나보낸 풍월은 도진의 심정을 그 누구보다 잘 이해하고 있었다.

안쓰러운 눈빛으로 도관을 바라보던 풍월이 조심히 말했다.

"노도사님께서 할아버지 소식을 많이 기다리신 것 같군요."

"많이 기다리셨지요. 참으로 오랜 세월 동안 연락도 없는 조사님을 애타게 기다리셨습니다."

풍월은 청연의 음성에서 할아버지에 대한 원망이 깔려 있음을 느꼈다.

당연하단 생각이 들었다. 누구보다 오랜 세월 바로 곁에서 사부의 고통을 지켜봤을 테니까.

"꽤나 많이 원망하셨겠습니다."

"원망이요? 사부님이요?"

청연이 씁쓸히 웃으며 고개를 흔들었다.

"차라리 원망이라도 하셨으면 솔직히 억울하지는 않을 것 같군요. 하지만 사부께선 단 한 번도 조사님에 대해 원망을 하거나 나쁜 말을 하신 적이 없습니다. 오히려 늘 감사한 마음으로 조사님의 무사안녕을 기원하셨지요. 그것이 마음에 들지 않아 제가 투정이라도 부릴라치면 그저 허허 웃으시면서 옛날 얘기를 해주셨습니다. 워낙 많이 듣다 보니 귀에 인이 박일 정도의 얘긴데 한번 들어보시겠습니까?"

"예, 경청하겠습니다."

"그러니까 사부님께서……."

청연은 아홉 살에 고아가 되어 세상을 떠돌던 도진이 굶어 죽기 직전 열셋의 나이에 송산을 만나 제자가 된 과정과 제자가 되어 함께 보낸 세월 동안의 일을 마치 자신이 겪은 양 자세히 설명했다. 귀에 인이 박였다는 말이 결코 과장은 아닌 듯싶었다.

청연의 설명은 그것에 그치지 않았다. 오히려 본격적인 이야기는 송산이 떠난 후, 홀로 화산에 남아 천덕꾸러기 신세로 변한 도진이 어떻게 지금까지 버텨왔는지에 대한 것이었다.

비교적 늦은 나이, 또 짧은 세월을 함께했기에 도진이 송산에게 배운 것은 많지 않았다. 무공은 여타 사형제에 비해 현저히 부족했고, 화산파를 떠나 마도 출신의 친구와 함께 어울리는 사부 덕에 사형제들은 물론이고 사숙들로부터 시달림도 많이 받았다.

그럼에도 오직 화산검선의 제자라는 자부심 하나로 꿋꿋이 버텨냈던 도진은 누구에게도 거둬지질 못하고 자신처럼 천덕 꾸러기 신세로 떨어져 나온 청연을 제자로 맞이하면서 무수한 절망감을 맛봐야 했다.

능력이 없었기에, 힘이 없었기에 제자에게 해줄 수 있는 것이 많지 않았다.

자신이 못난 것은 상관없지만 제자마저 그렇게 만들 수 없다는 일념에 도진은 정말 최선을 다했다.

자신을 경원시하는 사형제들을 일일이 찾아다니며 제자에게 한 수 가르침을 청하는 굴욕적인 모습, 온갖 모욕을 받으면서도 웃음으로 감내하던 사부의 모습을 설명할 때 청연의 두 눈은 붉게 물들었다.

"사부님 덕분에 저 또한 이 못난 놈들을 제자로 둘 수 있었습니다. 아직 모든 면이 미숙하고 어리숙하긴 해도 꽤나 괜찮은 녀석들입니다."

청연의 긴 이야기는 제자들의 칭찬으로 끝을 맺었다.

"조금 전에 말했듯 그렇게 오랫동안 모진 세월을 견디면서도 사부께선 조사님에 대한 원망은 단 한 번도 하신 적이 없습니다. 그저 하염없이 그리워하실 뿐이었지요."

어느새 청연의 음성은 촉촉이 젖어 있었다.

"정말 대단하신 분입니다."

"예, 대단하신 분이지요. 아, 그런데 조사님께선 사부님에 대해서 별다른 말씀은 하지 않으셨습니까?"

문득 생각났다는 듯 질문을 던진 청연이 기대에 찬 눈빛으로 풍월을 바라보았다.

눈빛이 그렇게 부담이 될 수가 없었다.

'아이고!'

절로 곡소리가 흘러나올 것 같았다.

빠르게 기억을 더듬어봤으나 마지막 유품을 전하라는 말을 하셨을 때를 제외하곤 제자에 관해서 언급을 한 기억이 전혀 없었기 때문이다.

그렇다고 사실대로 얘기를 할 수는 없었다.

"가… 끔 말씀은 하셨습니다."

"어떤 말씀이셨습니까?"

청연은 물론이고 운파와 운공도 귀를 쫑긋 세웠다.

"제대로 가르침을 주지 못해서 미안하다고, 사부로서 책임을 다하지 못해 늘 마음에 걸린다고요."

그런 말을 한 적은 없었지만 유품을 건네면서 보여주었던 씁쓸했던 눈빛을 감안했을 때 내색은 하지 않으셨어도 틀림없이 그런 생각을 품고 있었을 것이라 여겼다.

"역시 조사님도 그런 마음이셨군요. 후! 그렇게 미안하셨다면 한번 다녀가셨으면 좋았을 텐데요. 아, 생각해 보면 또 그럴 수 있는 입장이 아니셨을 것 같습니다. 함께 어울리시던

분이 철산마도님이라는 것을 감안하면 말이지요."

겉으로 보이는 외모와는 달리 청연은 꽤나 수다스러운 사람이었다.

끊임없이 말을 이어가는 청연과는 달리 풍월은 별달리 할 말이 없었기에 가볍게 맞장구를 쳐주는 수준으로 말을 아꼈다.

보다 못한 운공이 조심스레 말리고 나서야 청연의 수다가 끝이 났고, 풍월은 그늘진 평상에 앉아 휴식을 취할 수 있었다.

"사부께선 덩치에 어울리지 않게 말이 참 많으십니다. 시주께서 이해해 주십시오."

운파가 청연의 눈치를 살피며 나직이 말했다. 나름 작게 말한다고 한 것이나 청연의 예민한 귀를 속일 수는 없었다.

"다 들린다, 이놈아."

청연의 경고에 운파가 기함하며 입을 다물었다.

도관 뒤쪽에서 오미자 차를 들고 오던 운공이 도끼눈으로 운파를 노려보며 입을 벌렸다.

입모양을 따라 해석해 보던 풍월의 입에서 실소가 터져 나왔다.

운공의 말인즉슨 사부의 심기를 건드리지 말라는, 죽으려면 혼자 죽으라는 악담이기 때문이었다.

"드시지요."

운공이 자줏빛이 살짝 감도는 오미자 차를 내밀며 말했다.

풍월은 오미자 차에 얼음 조각이 떠다니는 것을 보곤 깜짝 놀라 물었다.

"이건 얼음이 아닙니까?"

"맞습니다."

"이 뜨거운 여름에 대체 어떻게……."

"도관 뒤쪽으로 자연스레 생긴 암석굴이 있습니다. 규모는 크지 않은데 깊이가 제법 깊습니다. 갈라진 틈에서 치솟는 냉기가 상당한 터라 겨울철에 미리미리 얼음을 채워두면 오랫동안 보관할 수 있지요. 보통은 여름 끝날 무렵까지 남았는데 올 여름은 유난히 날이 뜨거워서 더 이상 버티지를 못하네요. 거의 마지막 남은 얼음입니다. 뜨거워지기 전에 어서 드시지요."

"잘 마시겠습니다."

풍월은 사양하지 않고 단숨에 오미자 차를 들이켰다.

차가운 냉기가 식도를 타고 배 속으로 들어갔다.

서늘한 기운이 전신을 휘감는 것이 잠시 동안 더위를 잊게 할 정도였다.

"아! 정말 좋군요. 시원하기도 하고 맛도 좋고."

"그렇지요? 제가 직접 따온 오미자로 담근 것입니다. 게으른 사형은 손가락 하나 까딱하지 않았고, 사부께선 그걸 누가 먹냐고 하시며 쓸데없는 짓 한다고 나무라셨지만……."

운공의 시선이 도관으로 향했다.

"사조님께선 소매를 걷어붙이고 저를 도와주셨지요."

도관을 바라보는 운공의 얼굴엔 걱정이 가득 담겨 있었다.

가만히 고개를 끄덕이던 풍월이 문득 청연과 운파를 찾아 시선을 돌렸다. 그들 역시 운공과 같은 표정으로 도관만을 바라보고 있었다.

사부와 사조를 걱정하는 그들의 절절한 마음이 가슴 깊이 전해졌다.

자신으로 인해 부산을 떠는 것이 싫었던 풍월은 조용히 오미자 차를 내려놓곤 잠시 주변을 둘러보겠다는 핑계를 대고 자리를 떴다.

제17장

검선(劍仙)의 후예(後裔)

　운공이 소나무 그늘 아래에 자리를 잡고 앉아 할아버지와
의 추억에 잠겨 있던 풍월을 찾아온 것은 거의 한 시진이나
흐른 뒤였다.

　"사조께서 찾으십니다."

　"알겠습니다."

　자리에서 일어난 풍월이 운공을 따라 걸음을 옮겼다.

　도진은 조금 전, 풍월이 앉아 오미자 차를 마셨던 평상에
앉아서 그를 기다리고 있었다.

　붉은 기가 아직 가시지 않은 눈동자며 수척해진 얼굴, 그

짧은 사이에 얼굴이 반쪽이 된 것 같아 마음이 아렸다. 그래도 오랜 세월 가슴을 짓누르던 뭔가가 사라진 것인지 표정만큼은 밝았다.

"어서 오시게나. 귀한 손님을 모셔놓고 늙은이가 추태를 부렸네."

도진이 친근하게 손짓했다.

"아닙니다. 할아버님께 말로만 듣던 화산의 풍경을 보아 좋았습니다."

도진이 빙그레 웃으며 고개를 끄덕였다.

"암, 좋지. 내 비록 많은 곳을 돌아보았다고 할 수는 없으나 화산의 풍경이 그 어떤 곳에 견주어도 부족함이 없다고 자부할 수는 있다네."

"확실히 그런 것 같습니다. 이곳에 오기 전에 황산을 비롯해서 몇몇 명승들을 둘러보았으나 화산만큼 장엄하고 기백이 넘치는 곳은 없었던 것 같습니다."

풍월의 칭찬에 도진은 물론이고 청연과 운파, 운공의 표정도 환해졌다. 괜스레 뿌듯한 마음에 어깨를 으쓱거렸다.

"연화봉에서 걷어찬 돼지 오줌보를 찾아오는 수련 방법이 왜 생겼는지도 알 것 같습니다."

풍월의 농에 도진과 모두의 눈이 급격히 커졌다.

"사, 사부님께서 그런 말씀도 하셨나?"

도진이 놀라 물었다.

"하신 정도가 아니라 귀에 딱지가 앉을 정도였습니다. 할아버지께서도 어린 시절에 그런 수련을 받으셨다고 하셨습니다. 그때에 비하면 제가 하던 수련은 비교할 수도 없이 편한 것이라고요."

"노도도 받았네."

도진이 쓴웃음을 지었다.

"저도 받았습니다."

청연이 정색을 하고 말하자 운파와 운공도 질세라 소리쳤다.

"우리도요!"

운파와 운공의 외침이 너무 처절했는지 모두가 웃음을 터뜨렸다.

"이게 참, 없어져야 할 전통이긴 한데 효과가 워낙 좋아서…… 아무튼 그거야 아래쪽에 계신 분들이 결정할 문제고, 사부님 이야기나 해주게나. 그동안 어디서 어떻게 지내신 건가? 이십여 년 전에 간간이 들려오던 소식이 끊겨 얼마나 걱정을 했는지 모른다네."

풍월을 바라보는 도진의 눈빛이 살짝 떨렸다. 애써 마음을 다스리긴 했지만 아직도 충격에서 벗어나지는 못한 것 같았다.

화도의 일상은 어찌 보면 굉장히 단조로운 것이었다. 특별한 변화나 이야기가 있을 수 없었음에도 도진은 풍월의 이야기에 혼을 빼앗긴 듯 집중을 했다. 그리고 광혼과 이어지는 사부의 죽음에 이르렀을 때 다시금 눈시울을 붉혔다.

"참, 할아버지께서 남기신 것이 있습니다."

"사부님께서 내게?"

소맷자락으로 슬쩍 눈물을 닦은 도진이 약간은 기대에 찬 음성으로 물었다.

"예."

고개를 끄덕인 풍월이 봇짐에서 상자 하나를 꺼냈다.

단단히 밀봉된 상자를 뜯자 유지에 꽁꽁 싸인 책자와 조그만 봉투가 나왔다.

"완성하시기 위해 꽤나 오랫동안 고생하셨습니다."

사부의 유품을 받는다고 생각했는지 도진은 더없이 경건한 자세로 풍월이 전하는 책자를 받았다.

책자엔 아무런 제목도 없었다.

그렇게 두껍지 않았음에도 사부의 유품이란 이유 때문인지 묵직한 무게감이 전해졌다.

전신이 감격으로 마구 요동쳤다.

"그러고는 이건 아마도……."

풍월은 군이 설명하지 않고 봉투를 전했다.

봉투를 받는 도진의 손끝이 파르르 떨렸다.

조심스럽게 봉투를 열고 그 안에 든 편지를 꺼내 들었다.

편지에는 짧은 글이 적혀 있었다.

네가 이 서찰을 받는다는 것은 지금껏 화산을 지키고 있다는 것이겠지.

홀로 고생 많았구나.

못난 사부가 미안하다.

도진은 고개를 들지 못했다.

몇 줄 되지도 않는 글을 읽고 또 읽었다.

더 흘릴 눈물이 없을 것 같았는데 한 줄기 눈물이 볼을 타고 흘렀다.

편지에 눈물이 떨어지자 화들짝 놀라 물기를 닦고 소중히 접어 품에 간직했다.

"다 늙어 이 무슨 주책인지……"

제자와 사손 앞에서 눈물을 보였다는 것이 민망한지 멋쩍은 웃음을 흘린 도진이 비로소 책자를 펼쳤다.

편지를 볼 때와는 달리 처음엔 가벼운 손길이었지만 몇 장 넘기지 못하고 자리에서 벌떡 일어나고 말았다.

"이, 이건 대체……"

손에 든 책자와 풍월을 번갈아 바라보는 도진의 얼굴은 놀람을 넘어 경악으로 가득했다.

풍월이 활짝 웃으며 말했다.

"할아버지께서 화산, 아니, 제자에게 남기신 선물입니다."

*   *   *

한 노인이 강에 낚싯대를 드리우고 있었다.

깔끔하기는 해도 조금은 낡아 보이는 마의(麻衣), 약간은 삐딱하게 쓴 밀짚모자 사이로 드러나는 구릿빛 피부는 흔히 볼 수 있는 촌로(村老)의 모습과 다르지 않았다.

하지만 그 깊이를 가늠할 수 없을 정도로 깊게 가라앉은 눈빛과 전신에 은연중 흐르는 기도는 그가 결코 평범한 사람이 아님을 보여주고 있었다.

말 한마디에 천하를 움직일 수 있다는 패천마궁의 궁주, 마존(魔尊) 독고유가 바로 그였다.

"흡, 영악한 놈들이로고."

낚싯대를 통해 전해지는 묵직한 힘에 기세 좋게 챔질을 했건만 물고기는 이미 미끼를 물고 사라진 뒤였다.

허탕을 친 독고유가 쓴웃음을 지으며 옆에 놓인 상자를 열었다. 느닷없이 쏟아진 햇빛에 상자 안에 들어 있던 지렁이들이 미친 듯이 꿈틀거렸다.

독고유가 통통하게 살이 오른 지렁이 한 마리를 꺼내 낚싯바늘에 꿰었다.

지렁이의 몸통에서 흐른 누런 액체가 낚싯바늘을 타고 흐르며 손가락을 살짝 적시자 지린내가 올라왔다.

미간을 살짝 찌푸린 독고유가 발치에 놓인 천에 손가락을 쓱쓱 문지른 뒤 낚싯대를 부드럽게 휘둘러 미끼를 투척하였다. 그러고는 갈대로 만든 찌를 통해 미끼가 제대로 안착했음을 확인한 뒤 의자에 깊숙이 몸을 뉘였다.

밑밥을 꽤나 깔아놓았는지 기다림은 생각보다 길지 않았다.

바람에 살랑이던 찌가 위아래로 톡톡 움직였다.

찌의 움직임에 반쯤 감았던 눈을 뜬 독고유가 슬그머니 상체를 일으켰다.

낚싯대를 향해 조심스럽게 손을 뻗는 찰나 발소리가 들려왔다.

발소리와 함께 찌의 움직임도 멈췄다.

"츱."

짧은 탄식과 함께 독고유가 고개를 돌렸다.

자신의 방해로 찌의 신호가 끊겼음을 확인한 중년인, 패천마궁의 군사 순후가 곤란한 표정을 지으며 서 있었다.

"제가 방해를 한 것입니까?"

"두 번째 받은 입질이다."

독고유의 말에 순후가 슬며시 고개를 들었다.

중천에 떴던 해가 어느새 서쪽 하늘에 자리하고 있었다.

오전부터 시작했으니 하루 종일 제대로 된 입질을 받지 못했다는 말이다.

"죄송합니다, 궁주님."

순후가 고개를 숙였다.

"됐다. 그래, 무슨 일이냐?"

"화평연에 나갈 예비 후보가 결정되었습니다."

독고유의 눈동자가 착 가라앉았다.

"생각보단 늦었군."

"예, 참가자들의 실력이 워낙 뛰어나다 보니 우열이 쉽게 갈리지 않았습니다."

"좋은 현상이야. 설마하니 지난번과 같은 개망신을 당하진 않겠지?"

독고유의 물음에 순후의 표정이 단호하게 변했다.

"그런 일은 절대로 없을 것입니다."

"네가 그리 말을 할 정도라면 기대를 해도 되겠구나. 그래, 누가 뽑힌 것이냐?"

순후가 준비한 명단을 올리면서 입을 열었다.

"일전에 보고를 올린 것에서 크게 예상을 벗어나진 않았습니다."

독고유는 예상을 벗어나지 않았다는 말에 약간은 실망하는 빛을 보였다.

예상을 벗어나는 일이 벌어졌을 때 판이 요동치는 법이 아니던가.

뇌리에 지난 화평연의 비무대회를 뒤흔들었던 무당파 속가제자의 모습이 떠올랐다.

명단을 대충 훑어보던 독고유의 눈빛에 이채가 떠올랐다.

"남천밀가(南天密家)의 아이가 뽑혔구나."

"예, 저희 예측에서 유일하게 벗어난 아이입니다. 참고로 그 아이가 최후에 밀어낸 후보가 풍천뇌가(風天雷家)의 후손이었습니다."

"호! 풍천뇌가가 최종도 아니고 고작 예비 후보에서도 밀리는 꼴을 볼 줄은 몰랐다. 뇌량 그 친구가 미쳐 날뛰는 것이 눈에 훤하군."

"어쩔 수 없습니다. 객관적인 실력을 감안해서 뽑는 것이니까요. 그래도 조금은 불만이 있을 것입니다."

독고유는 순후가 명단 맨 마지막의 공석에 시선을 주고 있다는 것을 의식하곤 피식 웃었다.

"무시해."

"한 자리를 비워놓지 않았다면 뇌가의 후예 또한 대표로 뽑힐 수 있었습니다."

"불만은 무슨. 시간 많잖아. 어차피 예비 후보로 뽑힌 놈들 중에서 정말로 비무대회에 나간 놈들이 몇이나 된다고. 적당히 아무 놈이나 잡아서 끌어내리면 되는 것을. 정 불만이면 나중에 그놈하고 붙어보라고 해. 한데 놈은 찾았고?"

순후가 고개를 저었다.

"거의 꼬리를 잡은 것으로 압니다."

"어쨌든 못 찾았다는 거잖아. 본 궁의 정보망이 이렇게 허술한 줄은 몰랐는걸."

독고유가 서늘한 눈빛으로 그를 바라보았다.

패천마궁에 속한 자라면 지위 고하를 막론하고 그 누구도 두려워하는 눈빛이었으나 순후는 별다른 동요 없이 입을 열었다.

"최선을 다해 찾고는 있지만 쉽지 않습니다. 그자의 존재를 알게 된 시점이 워낙 늦은 데다가 저쪽, 특히 개방에서 우리의 움직임에 워낙 예민하게 반응하는 터라……."

"거지 떼가 예민해 봤자지. 그냥 신경 쓰지 말고 찾아."

"알겠습니다. 아, 그 문제로 한 가지 더 말씀드릴 것이 있습니다."

"뭐냐?"

"녹림에서도 그를 찾고 있습니다."

"녹림?"

독고유의 눈썹이 꿈틀댔다.

"어째서?"

"일전의 일을 문제 삼으려 하는 것 같습니다. 알 만한 사람은 다 알 정도로 망신을 당했는데, 당가와 생사의괴가 연관되는 바람에 화영표국엔 책임을 물을 수도 없으니 딱히 화를 풀 상대가 없습니다."

"산적 놈들이 미쳤구나. 감히 누구를 건드린다고?"

독고유가 차갑게 웃었다. 그 웃음이 어떤 의미인지 직감한 순후가 나직한 신음을 내뱉었다.

"흑암, 거기 있느냐?"

독고유의 부름에 머리부터 발끝까지 검은 두건과 무복으로 도배를 한 흑귀대주 흑암이 달려와 한쪽 무릎을 꿇었다. 등장만으로도 죽음의 기운이 주변을 에워쌌다.

"버릇을 고쳐줘야 할 놈들이 있다. 순후, 가장 가까이 있는 산채가 어디냐?"

한숨을 내쉰 순후가 잠시 머리를 굴리다 답했다.

"단령산에 산채가 있습니다."

"들었느냐?"

"들었습니다."

흑암이 조용히 답했다.

"개미 새끼 한 마리도 남기지 마라."

"존명!"

대답과 함께 흑암의 신형이 신기루처럼 사라졌다.

"이 정도면 나대지 말라는 경고는 되겠지?"

"몇 마디 말로 해결이 될 문제였습니다."

순후가 불만 가득한 얼굴로 말했다.

"아니, 다른 사람도 아니고 철산마도의 후예다. 노릴 사람이 따로 있지."

독고유의 노한 표정을 본 순후가 생각을 정리했다.

'궁주님과 철산마도 노선배가 소싯적부터 꽤나 가깝다고 들었는데 어쩌면 그 이상일 수도 있겠군. 만약 그 친구가 철산마도 노선배님의 실력을 고스란히 이어받았다면……'

단순히 화평연이 문제가 아니었다. 패천마궁의 후계 구도가 아직 확실히 정해지지 않은 상황에서 엄청난 변수가 등장하는 것이나 마찬가지였다. 생각만으로도 골치가 아팠다.

"어쨌건 다행이지 않느냐?"

"예? 무슨 말씀이신지……"

"그놈이 철산마도 선배의 무공을 익혔다는 것 말이다."

순후는 독고유가 어떤 의도로 그런 말을 하는 것인지 이해를 하지 못했다. 그런 순후를 보며 독고유가 한심하다는 듯 말했다.

"철산마도 선배가 함께한 사람이 누구냐? 화산검선이다. 은 거를 한 시점도 같고. 한데 놈이 화산검선의 무공이 아니라 철산마도 선배의 무공을 선택했으니 우리 입장에서 얼마나 다행이냐는 말이다."

순후가 철산마도에 대한 한없는 애정에 쓴웃음을 지으려는 찰나 독고유의 나직한 음성이 이어졌다.

"운이 좋으면 병신들처럼 찌그러져 있는 철산도문도 살릴 수 있을지 모르고."

"아!"

순후의 입에서 탄성이 터져 나왔다.

철산마도의 후예를 찾으라는 독고유의 명령을 비로소 제대로 이해할 수 있었다.

단순히 화평연의 비무대회 때문이 아니라 그를 통해 철산마도가 떠난 이후, 쇠락의 길로 접어든 철산도문을 부활시키고자 함을 말이다.

순후가 감탄 섞인 눈빛으로 독고유를 바라보았다.

"뭘 그렇게 봐? 아직도 할 말이 있는 거냐? 아니면 이만 물러가. 난 아직 할 일이 남았으니까."

독고유가 낚싯대를 다시 잡으며 말했다.

독고유의 말에 정신을 차린 순후가 전에 없이 진지한 표정으로 말했다.

"한 가지 더 보고드릴 사안이 있습니다."

"뭔데?"

"천마도에 대한 소문이 은밀히 돌고 있습니다."

독고유의 움직임이 그대로 멈췄다.

낚싯대로 향했던 독고유의 시선이 다시금 순후에게 향했다.

"지금 뭐라 했느냐? 천마도라고?"

전신에서 살을 에는 듯한 살기가 나타났다가 사라졌다.

"예."

"출처는? 하오문이냐?"

"파악 중입니다만 하오문은 아니라고 봅니다."

"어떤 놈들이 이런 수작질을 벌이는 것인지 이번엔 반드시 찾아내야 할 것이다."

"알겠습니다."

조용히 대답하는 순후를 지그시 바라보던 독고유가 굳은 표정을 풀었다.

"그나저나 정말 재미있구나. 무림에서 사라진 천마도가 철산마도의 후예가 등장하니 마치 기다렸다는 듯 꿈틀거리는 것을 보면 말이다. 순후."

"예, 궁주님."

"천마도가 그들 손에 있는 건 확실하지?"

"예, 틀림없습니다. 하오문을 통해 과거 철산마도 선배와 화산검선이 온기한 이유가 바로 천마도 때문임을 확인했습니다."

"그리고 그들의 후예가 세상에 나왔고. 그 아이를 찾아야 하는 이유가 하나 더 늘었구나. 서둘러라. 최대한 빨리."

"존명!"

*　　　*　　　*

정심전(靜心殿).

현판에 쓰인 글을 보며 무슨 뜻인가 잠시 생각하는 사이 문이 열렸다.

문이 열림과 동시에 뜨거운 열기가 훅 느껴졌다.

고개를 살짝 치켜올린 풍월이 도진의 어깨 너머로 정심전의 분위기를 살폈다.

상석에 앉아 회의를 주관하는 장문인을 중심으로 좌우 대칭으로 앉아 있는 이들의 수는 대략 이십 명 정도였다.

문이 열리자 회의에 집중하던 이들의 시선이 일제히 도진과 풍월에게 쏠렸다.

회의 중엔 결코 함부로 열리지 않는 문이 열렸다는 것에 의문을 품으며 시선을 돌린 이들은 도진의 등장에 상반된 반응을 보였다.

반가워하는 이들도 있었고, 회의가 끊긴 것에 대해 불쾌감을 보이는 자들도 있었다.

그들 모두에게 공통적으로 나타난 것은 의외성이었다.

정심전에 나오는 것은 물론이고 어지간하면 연화봉 자체를 떠나지 않는 도진이 아무런 연락도 없이 모습을 드러낸 것은 그만큼 의외의 일이었다.

"도진 사제가 아닌가? 어서 오게나."

장문인, 도선이 누구보다 먼저 반갑게 맞이했다.

"예, 장문 사형. 그간 강녕하셨습니까?"

도진이 정중히 인사를 했다.

"이 사람아. 그게 어디 한 문파에 있는 사형제들끼리 나눌 인사란 말인가?"

"죄송합니다."

"사과하라는 말이 아니라 자주 얼굴이나 보잔 말일세. 사형이 늙다 보니 이제는 사제의 거처까지 찾아가기가 힘들어. 하니 종종 내려옴세."

"그리하겠습니다."

도진이 담담한 미소를 보이며 고개를 숙였다.

장문인의 말투에서 느껴지는 온화함에 약간은 긴장한 표정으로 정심전에 들어섰던 풍월의 마음도 편안해졌다.

'화산파의 내분을 봉합하는 데 나름 성공한 장문인이라더

니만 확실히 인상이 좋네.'

그때, 초를 치는 사람이 등장했다.

"사제가 정심전엔 무슨 일인가?"

가장 말석에 앉은, 더위 먹은 말상의 노도사가 턱을 치켜들며 물었다.

"장문 사형께 드릴 말씀이 있어서 왔습니다."

"산꼭대기에 틀어박혀 있으면서 말은 무슨."

집법전주 도은이 가소롭다는 표정으로 코웃음을 쳤다.

"사제."

도선이 나무라듯 부르며 눈짓을 줬다.

"틀린 말은 아니지요."

도은 바로 곁에 앉아 있던 숭무관주 도장이 도은을 거들고 나섰다.

"장문인께서 회의에 참석하라 몇 번이나 청해도 코빼기도 보이지도 않더니만 오늘은 무슨 바람이 불어 온 것인가?"

잔뜩 가시가 박힌 음성이었다.

"자자, 그만들 하게. 막내 사제가 장문인께 드릴 말씀이 있어서 왔다지 않은가?"

넉넉한 볼살에 큰 덩치를 자랑하는 지객전주 도광이 중재를 하고 나섰다.

화산검회를 준비하느라 누구보다 피곤하고 신경이 예민해

져 있는 도광이 애써 웃음을 띠며 나서자 날을 세웠던 이들도 입을 다물 수밖에 없었다.

"자, 이제 막내 사제가 이곳까지 발걸음을 한 이유를 들어 볼까."

도광이 도진을 바라보며 웃었다.

그에게 살짝 고개 숙여 고마움을 표시한 도진이 도선을 향해 걸음을 옮겼다.

그 모양이 또 못마땅한지 뭐라 핀잔을 주려던 도장은 장문인 곁에 앉아 있던 세심관주 도인의 눈짓에 얼른 입을 다물었다.

세심관주 도인은 화산파 제자들이 가장 어려워하는 사람이다.

늘 부드러운 웃음을 입가에 띠우고 결코 화를 내는 법이 없었지만 말 한마디가 가히 천 근의 무게를 지녔다고 평가받을 정도로 신중했다.

화산파에 내분이 있을 때도 그 싸움에 휩쓸리지 않은 거의 유일한 사람이었다. 심지어 화산파의 내분을 잠재운 사람이 장문인 도선이 아니라 바로 도인이라는 소문이 돌 정도로 화산파에선 장문인 이상으로 존경을 받는 어른이 바로 그였다.

"이것을 좀 보시지요."

도진이 도선에게 책자 하나를 넘겼다.

"허허! 막내 사제가 깨달음이라도 얻은 것인가? 그랬으면 좋 겠구먼."

도선이 너털웃음을 지으며 책자를 받았다. 그러고는 천천 히 책장을 넘겼다.

다들 도진이 넘긴 책이 무슨 책인지 대한 궁금증이 일었지 만 굳이 먼저 묻는 사람은 없었다. 그저 궁금한 표정으로 장 문인을 바라볼 뿐이었다.

한 장, 또 한 장.

책장을 넘기는 도선의 손길이 무척이나 빨라졌다.

웃음 가득했던 얼굴은 이미 딱딱하게 굳었고 책장을 넘기 는 손끝이 파르르 떨리기까지 했다.

장문인의 표정이 심각해지자 정심전의 분위기 또한 무겁게 내려앉았다. 혹여라도 검회와 연관된 것은 아닌지 지객전주 도광이 유난히 불안해했다.

"대체 무슨 내용이 적혀 있기에 그러신 겁니까?"

장로 도양이 궁금함을 참지 못하고 물었다.

대답은 없었다.

도선은 오직 책자에 시선을 고정시킨 채 정신없이 책장을 넘기고 있었다. 하지만 결국 삼분지 일도 넘기지 못한 채 책 을 덮었다.

몇 번의 심호흡을 통해 주체할 수 없는 감정을 겨우 진정시킨 도선이 물었다.

"누가 만든 것인가? 설마 사제가……."

"사부님께서 만드신 겁니다."

"음."

도선의 입에서 짤막한 신음이 흘러나왔다.

질문을 할 때부터 예상했던 답이었으나 막상 도진의 입을 통해 듣게 되자 잠시 억눌렀던 감정이 봇물 터지듯 쏟아져 나왔다.

"아! 사숙께선 아직 화산을 잊지 않으셨구나!"

주체할 수 없는 기쁨을 이기지 못한 도선이 책자를 가슴에 꼬옥 품었다.

"대체 무슨 책이기에 그러시는 겁니까? 사숙은 또 누구를……."

세설전주 도예가 답답한 듯 가슴을 치려다 갑자기 고개를 돌려 도진을 바라보았다.

"방금 누구라 하였나? 사부라 하였나, 사제?"

"예."

"저, 정말 거, 검선 사숙께서 남기신 책자란 말인가?"

질문을 하는 목소리가 덜덜 떨렸다.

"그렇습니다."

도진이 담담하면서도 힘 있는 음성으로 답했다.

청연이 자리에 있었다면 평생 그토록 자신감 넘치는 사부의 모습은 처음 보았다며 아마도 환호성을 질렀을 터였다.

화산검선이란 이름에 정심전의 모든 이들은 그야말로 경악에 휩싸였다.

근 백 년 이내에 화산파가 배출한 최고 고수.

그 이전으로 거슬러 올라간다고 해도 화산검선만큼 명성을 떨친 인물은 찾기 쉽지 않을 것이다.

혹자는 화산검선이 화산을 뛰쳐나가지 않았다면 오랫동안 이어진 분란도 쉽게 종결되었을 것이고, 지금처럼 위상이 추락하는 일 없이 전성기를 구가하는 무당파와 어깨를 나란히 했을 것이라 단언할 정도였다.

"제, 제가 좀 봐도 되겠습니까?"

대답도 듣기 전에 손을 뻗는 도장의 눈은 이미 도선의 품에 안겨 있는 책자에 고정되어 있었다.

"보시게. 암, 봐도 되고말고."

도선이 기쁘게 책자를 건네주었다.

도장이 떨리는 손으로 책장을 넘겼다. 그리고 몇 장 넘기지 못한 채 온몸을 부르르 떨었다. 조금 전 도선이 보여준 반응과 놀랍도록 닮은 모습이었다.

이어지는 상황 역시 마찬가지였다.

화산검선이 남긴 책자는 도장에서 도양, 도은, 도예 등을 걸치며 정심전의 모든 이들에게 감당키 힘든 충격을 안겼다.

두려움과 공포가 아니라 기쁨과 환희의 충격이었다.

"허허! 장문 사형과 사제들이 그리 놀라는 것을 보면 검선 사숙께서 대단한 물건을 남기신 모양입니다."

정심전에 모인 이들 중 유일하게 책자를 보지 않은 도인이 너털웃음을 지으며 말했다.

"사형께서도 한번 보시지요."

도예가 손에 쥔 책자를 넘겼다.

"본다고 뭘 알겠는가? 무공이라 봐야 기초적인 것밖에 모르는 것을."

책자를 건네받은 도인은 담담한 표정을 유지하며 책장을 넘겼다.

한참 동안이나 집중하여 책을 살피던 도인이 긴 한숨과 함께 책장을 덮었다.

"검선 사숙께서 화산에 보물을 안겨주셨구나."

"사제도 이 책의 가치를 알아보는 것인가?"

도선이 웃으며 물었다.

"못난 사제가 비록 무공은 보잘것없어도 이 책이 지닌 가치를 알아볼 안목은 있습니다."

"그렇지. 자네가 그리 생각할 정도니 저런 반응은 당연한 것이려나."

도선이 아직도 충격에서 헤어나오지 못하는 사제들을 둘러보며 말했다.

"솔직히 처음 사제들의 반응을 보았을 때 사숙께서 뭔가 새로운 무공을 만들어서 보내신 줄 알았습니다."

"새로운 무공 좋지. 하지만 그 어떤 신공절학도 이 책의 가치와는 비교할 수가 없다고 보네. 사제는 어찌 생각하는가?"

도선이 숭무관주 도장에게 물었다.

이제 겨우 충격에서 벗어나 놀란 마음을 수습하고 있던 도장이 힘차게 고개를 끄덕였다.

"그렇지요. 화산 무공의 근간이 되는 무공들의 약점을 개선한 책자입니다. 실전의 경험을 토대로 보안을 하신 것이라 그런지 그 위력이 확연히 드러나는군요. 게다가 검선 사숙께서 평생을 갈고닦으신 화산파 무공의 정수까지 담겨 있으니, 그 자체로 신공절학이라 해도 무리는 아니라고 봅니다."

도장의 극찬에 장로 도양이 맞장구를 쳤다.

"사제의 말이 맞습니다. 보다 확실한 것은 제대로 연구를 해봐야겠지만, 검선 사숙이 남기신 비급을 토대로 약점을 극복할 수 있다면 본파의 무공은 분명 한 단계 성장할 수 있다고 봅니다."

이후에도 끊임없는 극찬이 이어졌다.

풍월은 서로 칭찬을 주고받느라 정신없는 이들을 보며 밤

잠을 설쳐가며 책자를 완성하기 위해 애썼던 할아버지의 노력이 인정받는 것 같아 왠지 가슴이 뿌듯했다.

"이거 생각지도 못한 선물에 정신이 팔려 우리끼리만 너무 떠들었군. 옆에 계신 젊은 시주는 누구신가?"

도선이 멀뚱하게 서 있는 풍월을 가리키며 물었다.

"사부님의 손자입니다. 사부님께서 남기신 책자를 제게 가져다주었습니다."

마치 친손자를 보듯 도진이 풍월을 바라보는 눈은 한없이 따뜻했다.

"사제, 사형들께 인사드리게."

도진이 풍월의 어깨를 가만히 두드리며 말했다.

'사제'라는 단어가 그렇게 어색할 수가 없었다.

연화봉에서 무려 한 시진이 넘도록 입씨름을 했지만 사부님께 무공을 배웠으니 무조건 사형제라 우기는 도진의 고집 앞에선 아무런 의미도 없었다.

"풍월입니다."

풍월이 도선을 향해 정중히 인사를 했다.

"고맙습니다. 참으로 귀한 보물을 본문에 안겨주셨습니다."

"별말씀을요. 전 그냥 심부름만 했을 뿐입니다."

"허허! 그 심부름이라는 것이 마냥 쉬운 것은 아니랍니다. 그런데 검선 사숙의 손자라고 하셨습니까?"

도선이 풍월의 전신을 찬찬히 살피며 물었다.

"예, 인연이 닿아 연을 맺을 수 있었습니다."

"그렇군요. 사숙께서 은거를 하신 이유가 풍 소협 같은 선재(仙才)를 거두시려고 그런 모양입니다. 한데 사숙께선 무탈하신지요?"

풍월이 대답을 하기도 전, 옆에 선 도진의 표정이 급격히 어두워지는 것을 본 도선의 표정도 덩달아 굳었다.

"혹시……."

"예, 작년에 우화등선하셨습니다."

"아! 사숙께서!"

도선의 입에서 안타까운 탄식이 터져 나왔다.

도선뿐만 아니라 정심전에 모인 모든 이들의 얼굴에 슬픔이 가득했다. 심지어 도은처럼 화산검선이 화산을 뛰쳐나가 사마외도의 사람과 교분을 유지하며 무림을 종횡한 것을 못마땅해하는 이들까지도 침통한 얼굴이었다.

"방금 보신 책자가 바로 할아버지가 남기신 마지막 유품입니다. 세상을 떠나시기 직전까지 완성을 하시느라 고생을 하셨습니다."

"아! 사숙의 은혜를 어찌……."

도선은 마지막 순간까지 화산을 위해 혼신의 힘을 다한 화산검선을 떠올리며 감격해 마지않았다.

화산검선을 기리는 듯 숙연한 분위기는 한참이나 이어졌다.

분위기를 환기시킨 것은 집법전주 도은이었다.

"한데 사제, 방금 전 이상한 소리를 하는 것 같더군. 사제라고 했나?"

"예, 그랬습니다."

도진이 올 것이 왔다는 표정으로 힘주어 말했다.

"허! 지금 사형들 앞에서 장난하는 겐가? 사제라니?"

도은이 어이없다는 표정으로 되물었다.

"사부님께 직접 무공을 배웠습니다. 당연히 제 사제가 되지 않겠습니까?"

"어림없는 소리. 단순히 무공을 배웠다고 사제지간이 될 수는 없다는 것을 모르는가. 더구나 본문은 문규로써 제자를 들이는 방법을 정해두었네. 설마하니 문규를 무시하겠다는 것은 아니겠지?"

"그건 아닙니다만……."

도은이 문규를 들먹이자 도진도 함부로 말을 할 수가 없었다.

도진이 멈칫거리자 입꼬리를 말아 올린 도은이 한층 언성을 높였다.

"저 아… 풍 소협이라고 했던가. 아무튼 풍 소협이 검선 사숙의 무공을 배운 것은 인정할 수 있네. 제아무리 검선 사숙이라 하더라도 사문의 무공을 함부로 유출시킨 점은 분명 잘 못된 것이나, 연이 닿아 조손 관계를 맺은 이상 그것까지 문제를 삼는다는 것은 인정상 도리가 아니겠지. 하지만 용인할 수 있는 것은 거기까지. 풍 소협이 자네와 사형제가 되는 것은 결코 묵과할 수 없는 일이네."

화산파의 문규와 규율을 책임지는 집법전의 전주로서 도은의 주장은 모두의 고개를 끄덕이게 만들었다.

세설전주 도예가 말을 이었다.

"너무 섭섭하게 생각하지 말게. 검선 사숙을 생각하는 자네의 마음을 모르는 것은 아니나 집법전주의 말에 틀린 점이 없어. 게다가 풍 소협이 자네의 사제가 된다는 것은 우리 모두의 사제도 된다는 말. 삼대제자 중에도 약관의 나이를 넘는 아이들이 부지기수네. 밑에 아이들이 납득할 수 있다고 보는가?"

"사승 관계에 언제 나이를 따졌다는 말입니까?"

도진은 여전히 물러날 생각이 없었다.

"그건 정식으로, 본문의 규율을 어기지 않고 적법한 절차를 통해 제자를 들인 경우라면 그렇겠지. 하지만 이번 경우는 아니야. 솔직히 도은 사제 말대로 검선 사숙께서 풍 소협에게 화산의 무공을 전한 것 자체를 문제 삼고자 한다면 충분히 문제가 될 수도 있다는 것을 알아야 해."

도장의 말에 도진의 표정이 딱딱하게 굳었다. 뭐라 반박을 하기도 전, 침묵을 지키고 있던 도선이 나섰다.

"사제는 말을 삼가게."

서릿발 같은 노기에 도장이 얼른 고개를 숙였다.

"죄송합니다."

노한 눈빛으로 잠시 그를 바라보던 도선이 좌중을 둘러보며 말했다.

"막내 사제가 쉽지 않은 문제를 주었군. 쉽게 결론이 날 것 같지는 않지만 일단 여러 사람의 의견을 수렴해 보는 것도 나쁘지는 않다고 보네. 이 문제를 어찌해야 좋을지 다들 의견을 내어보게나."

도선의 말이 끝나자마자 도은이 다시 한번 의견을 개진했고, 그에 대해 동조하는 의견이 대세를 이뤘다.

몇몇 사람들이 도진에게 다소 우호적인 의견을 내놓기도 하였다. 하나 그 의견 자체 역시 풍월을 그들의 사제로 인정하는 것은 곤란하고 나이가 비슷한 이대제자나 삼대제자와 급을 맞추는 것은 어떻겠냐는 식이었다.

거의 일방적으로 흐르는 분위기 속에서 고립무원에 빠진 도진.

땀을 뻘뻘 흘리며 설전을 벌이는 도진을 물끄러미 바라보는 풍월의 입가엔 언제부터인지 진한 미소가 지어져 있었다.

그 웃음을 한참이나 지켜보던 세심관주 도인이 조용히 입을 열었다.

"너무 앞서 나가지 않았는가?"

도인의 음성이 들리자 주변의 소란이 일거에 잦아들었다.

"무슨 뜻인가, 사제?"

도선이 물었다.

"본인의 의사는 어떤지 묻지도 않고 왈가왈부하는 것 같아서 말이지요."

도은이 코웃음을 치며 말했다.

"도진 사제가 사제 운운하는 것을 보면 이미 얘기가 끝난 것 아니겠습니까?"

"그 또한 추측에 불과한 것. 본인에게 듣는 것이 가장 정확하겠지."

도인이 풍월을 향해 시선을 돌렸다.

"어떤가? 정말 그러한가?"

잠시 도진을 응시하던 풍월이 피식 웃으며 고개를 끄덕였다.

"사형께서 사제라 하시니 그럴 생각이었습니다만, 노도사님들의 대화를 보고 있자니 솔직히 웃기는군요."

웃기다는 말에 귀를 기울이던 대부분의 사람들이 표정에 노기를 드러냈다. 도인만이 여전히 미소를 지을 뿐이었다.

"무엇이 그리 웃기는가?"

도인이 다시 물었다.

"대충 짐작은 하시겠지만 저와 인연을 맺으신 할아버지가 한 분 더 계십니다."

"철산마도 선배님을 말하는 건가?"

"예."

철산마도라는 이름만으로도 불만을 드러내는 사람들과는 달리 도인은 당연하다는 듯 고개를 끄덕였다.

"아마도 그렇겠지. 늘 함께하셨을 테니까."

"그분께서 언젠가 이런 말씀을 하셨습니다. 검선 할아버지께서 화산파의 무공을 제게 가르치려 하실 때 사문의 허락 없이 함부로 제자를 들일 순 없는 것 아니냐, 설사 들인다고 하더라도 이런저런 문제가 많을 것이라 충고하며 걱정하셨다고요."

"누구나 예상할 수 있는 문제지. 그분의 추측대로 되었고. 해서, 검선 사숙께선 뭐라 말씀하셨다던가?"

도인이 궁금한 표정으로 물었다.

잔뜩 굳은 얼굴로 두 사람의 대화를 듣던 이들의 얼굴에도 궁금증이 일었다.

"그러니까……."

풍월이 슬쩍 망설이는 기색을 보이자 도선이 웃으며 말했다.

"부담 갖지 말고 말해보게. 그분의 성정이 어떤지 모르는 사람은 없으니까."

"이리 말씀하셨답니다. '내가 가르친다는데 제 놈들이 어쩔 거야. 족보가 꼬일 수야 있겠지만, 다 그런 거지'라고."

풍월이 송산의 목소리를 흉내 내며 말했다.

짧은 침묵이 정심전에 찾아왔다.

풍월의 대답을 들은 이들의 표정이 실로 가관이었다. 가장 극렬하게 반대했던 도은과 도장의 붉어진 낯빛이 특히 볼만했다.

"허허허! 검선 사숙다운 대답이로고."

껄껄 웃은 도인이 풍월의 눈을 정면으로 응시하며 말을 이었다.

"이제 자네의 생각을 말해주게. 사숙께선 자네가 화산의 제자가 되는 것을 당연시 생각하신 모양인데, 자넨 어떤가?"

대답에 앞서 도진을 슬쩍 바라본 풍월이 단호히 고개를 저었다.

"그럴 생각 없습니다."

"사제!"

도진이 깜짝 놀라 소리쳤다.

나이 많은 사형의 모습이 안쓰럽기는 했지만 자신을 두고 볼썽사나운 설전을 벌이는 노도사들의 모습에 이미 정나미가 떨어진 풍월은 생각을 고칠 생각이 없었다.

"이유를 물어도 되겠는가?"

조금 전, 사제들의 설전을 지켜보던 풍월의 표정을 통해 어느 정도는 대답을 예상한 도인이 조금은 착잡한 얼굴로 물었다.

"제가 검선 할아버지께 화산파의 무공을 배운 것은 사실이지만 굳이 화산파의 제자가 되라는 말씀은 하지 않으셨습니다. 그리고 말씀 나누는 것을 들어보니 제게 무공을 가르쳐주신 것 자체가 이미 규율을 어기셨다고 하던데, 그것을 알게 된 이상 더욱더 화산파의 제자는 될 수 없지요. 괜스레 분란을 일으키고 싶지는 않습니다."

"분란이라니! 잘 정리될 것이야."

도진이 풍월의 팔을 잡으며 떨리는 음성으로 말했다.

지금이라도 마음을 바꿨으면 하는 심정이 고스란히 전해졌지만 풍월의 마음은 진즉부터 차갑게 식어버렸다.

"무엇보다……."

풍월이 착 가라앉은 눈빛으로 화산파의 노도사들을 둘러보더니 약간은 비꼬는 듯한 음성으로 말했다.

"그냥 싫어졌습니다, 화산이. 처음엔 고향에 온 것처럼 가슴이 뛰었고 모든 것이 정겹고 좋았는데 말이지요."

풍월의 말에 도선은 헛웃음을 흘렸고, 도인은 지그시 눈을 감고 말았다.

다른 이들이 불쾌한 얼굴로 뭐라 말을 하려 했으나 풍월이 조금 더 빨랐다.

"아, 결정적인 이유가 하나 더 있네요."

풍월이 왼손을 치켜올리며 웃었다.

"제가 배운 것은 좌수검입니다만, 이걸 용납하실 분이 계실 까요?"

순간, 여러 의미를 담은 탄식이 곳곳에서 터져 나왔다.

"그렇게 놀라실 필요는 없습니다. 화산파의 제자가 될 생각 이 없으니까요. 저는 이만 물러가겠습니다."

웃음이 냉소로 변하는 것은 순식간이었다.

풍월은 미련 없이 몸을 돌렸다.

본인이 원하지 않는 상황에서 지금까지의 설전은 아무런 의 미가 없는 것. 풍월이 떠나고 정심전엔 꽤나 불편한 침묵이 찾아왔다.

도진이 자리에서 일어나며 그 침묵을 깼다.

"두 분 사형, 이것을 봐주시지요."

도진이 도선과 도인에게 품속에 고이 간직하고 있던 서찰 하나를 건넸다.

화산검선이 책자와 함께 남긴 편지였다.

홀로 화산을 지킨 도진에 대한 미안한 마음을 전하는 편지의 내용 말미엔 풍월을 언급하는 한 줄의 글귀가 더 적혀 있었다.

화산이 품을 그릇은 아니나 인연의 끈을 놓치지는 마라.

글귀를 보는 도선과 도인의 표정이 딱딱하게 굳었다.

제18장

화산검회(華山劍會)

　화산검회의 날이 밝았다.

　정심전에서 나름 분탕질을 치고 연화봉으로 돌아온 풍월은 해가 중천에 떴음에도 움직이지 않았다.

　풍월은 지난밤에 청연과 마신 곡차의 후유증 때문에 아침까지 고생을 했다.

　특히 화산검회의 백미라 할 수 있는 비무대회는 오후에 시작된다는 얘기를 듣자마자 곧바로 다시 자리를 깔고 누워버렸다.

　"사숙, 이제 내려가셔야 할 때입니다."

오전엔 쓸데없는 행사만 열린다는 쏠쏠한 정보를 제공한 운파가 여전히 잠을 자고 있던 풍월을 깨웠다.

기지개를 켜며 일어난 풍월이 창문 사이로 들어오는 햇살에 눈이 따가운지 지그시 눈을 감으며 물었다.

"사숙께선?"

"조금 전에 내려가셨습니다. 취선대에서 기다린다고 하셨습니다."

"청연 사형도?"

"예, 사부께서 사조님을 모셨습니다."

"진짜 멀쩡해?"

풍월이 질렸다는 표정으로 되물었다. 어째서 그런 질문을 하는지 뻔히 알고 있는 운파가 슬쩍 웃으며 말했다.

"그 정도에 흔들리실 분이 아니지요."

"네 사부, 진짜 괴물이다. 그렇게나 마셨는데 아침이 되니까 멀쩡해. 난 정말 속이 뒤틀려서 혼났는데."

풍월이 지난밤을 떠올리며 혀를 내둘렀다.

풍월이 화산파의 제자가 되는 것을 거절하고 자리를 떴음에도 화산검선이 남긴 한 줄 글귀로 인해 정심전에선 그의 거취를 두고 한참이나 설전이 오갔다.

대다수가 풍월의 의견을 환영하고 본인이 원하는 대로 해줘야 한다고 주장했으나, 화산검선이 남긴 말을 무겁게 여긴 도선과 도인은 화산이 풍월을 품기를 원했다.

오랜 토외 끝에 풍월을 화신파의 속가제자로 인정하고, 화산검선과 조손 관계임을 들어 그의 항렬을 도진과 동등한 위치가 아닌 한 단계 아래. 즉, 청연과 같은 일대제자의 항렬에서 가장 낮은 서열에 두기로 했다.

그것도 파격이라면 파격이었다.

운 자배 항렬인 이대제자의 대부분이 이십에서 삼십 대 중반으로 풍월보다 어린 제자는 운파와 운공 단 두 사람뿐이기 때문이었다.

뒤늦게 이 사실을 알게 된 풍월은 이마저도 거절하려 했으나 도진의 눈물 섞인 당부로 인해 어쩔 수 없이 속가제자의 신분을 받아들이기로 했다.

이를 누구보다 기뻐한 사람이 청연이다.

풍월은 청연과 사형제지간이 된 것을 축하하기 위해 밤새워 술을 마셨다.

청연이 곡차라 끝까지 주장을 한 술이 어찌나 독하던지 결국 술병이 나고 말았다.

청연은 풍월보다 거의 배가 넘는 양의 술을 마셨음에도 조금의 흐트러짐도 보이질 않았다. 그저 낯빛이 조금 붉어졌을 뿐이었다.

"깨우질 그랬어."

"사조께서 아직 시간 여유가 많다고 놔두라 하셨습니다."

"그래도 그렇지. 젠장, 나도 너희들처럼 도망쳤어야 했다."

"사부님께서 술병을 꺼내신 순간 이미 늦었습니다."

운파의 웃음에 민망한 표정을 지은 풍월이 온몸을 비틀며 자리에서 일어났다.

밖으로 나와 다시 한번 얼굴을 찡그린 풍월이 운파가 미리 준비한 물로 간단히 얼굴을 씻다가 고개를 홱 돌렸다.

"참, 신청은 했고?"

"그게……."

운파가 머뭇거리자 풍월이 인상을 찌푸렸다.

"왜? 안 했어?"

"아, 아니요. 오전에 산을 내려간 사제가 대신 했을 겁니다."

"그런데 대답이 왜 그래?"

"사조님과 사부께 말씀드리지 못한 것이 영 마음에 걸립니다. 특히 사부님께는 말씀을 드렸어야 했습니다."

"사형이 알면 반대할 거라면서?"

"그래도 말씀을 드렸어야 했습니다. 뒤늦게 아시면 정말 경을 칠 겁니다."

운파가 울상이 되어 말했다.

비무대회에 신청을 하라고 종용받을 때 그렇게 신나하던

모습은 온데간데없었다.

"음, 생각해 보니 그렇네. 뭐, 어쩌겠어. 혼날 때 혼나더라도 기왕 신청을 했으니 제대로 해야지. 깜짝 놀랄 실력을 보여주면 사형의 화도 조금은 누그러들지 않을까?"

"그랬으면 좋겠습니다만……."

운파가 힘없이 말끝을 흐리자 풍월이 슬며시 얼굴을 들이밀며 물었다.

"뭘 고민해? 자신 없으면 지금이라도 사형께 이실직고하고 비무대회 참가를 취소하면 되잖아."

말을 마친 풍월이 그의 어깨를 가볍게 두드리곤 몸을 빙글 돌렸다.

"그래도 될……."

"이래 죽으나 저래 죽으나 죽는 건 마찬가지니까. 뭐, 성적이라도 좋으면 조금 덜 혼나려나."

풍월의 중얼거림에 운파의 말이 뚝 끊겼다.

"뭐 해? 빨리 가서 취소해야지. 자신 없다며?"

고개를 돌린 풍월이 도발적인 말과 함께 씨익 웃었다.

모든 일의 원흉. 운파는 장난스레 웃는 풍월을 보곤 이를 부득 갈았다.

"아니요. 절대로 자신 있습니다."

   *   *   *

"많기도 많다."

풍월은 비무대 주변을 에워싸고 있는 엄청난 인파에 혀를 내둘렀다. 어림잡아도 사오천은 족히 되어 보였다.

"이럴 줄 알았으면 조금 서두를 걸 그랬네."

좋은 자리는 둘째 치고 비무대에 제대로 접근도 하지 못하고 멀찌감치 밀려난 풍월이 입맛을 다셨다.

사람들이 앞자리를 차지하기 위해 새벽부터 줄을 섰다는 말을 흘려들으며 감탄을 금치 못했다.

"부탁하긴 싫고, 이거 지붕 위라도 올라가야 하나."

풍월이 연무장 한편에 마련된 귀빈석을 힐끗거리며 고민을 할 때 누군가 그의 어깨를 두드렸다.

고개를 돌려 자신의 어깨를 톡톡 두드린 사람을 확인한 풍월의 눈이 보름달처럼 커졌다.

"어, 어떻게 여길?"

놀란 풍월이 말을 더듬었다.

"그건 내가 할 소리네요. 풍 오라버니가 왜 여기 있어요?"

당청이 놀람과 반가움이 가득 섞인 목소리로 물었다.

"그, 그게⋯⋯."

말을 더듬던 풍월은 그녀의 뒤에 있는 일행을 확인하곤 얼른 고개를 숙였다.

"오랜만에 뵙습니다, 선배님."

"오랜만은 무슨. 몇 달 되지도 않았네. 그나저나 자네를 여기서 다시 만날 줄이야. 얼마나 놀랐는지 모른다네."

당하곤이 반색을 하며 말했다.

"저도 깜짝 놀랐습니다."

"그런데 풍 오라버니, 그동안 고생이 심했나 봐. 얼굴이 많이 상했어."

당청이 울상을 지으며 말했다. 금방이라도 손을 뻗어 얼굴을 쓰다듬을 기세였다.

'우리가 언제 그렇게 봤다고. 친한 척 좀 하지 마라.'

톡 쏘아붙이고 싶은 마음을 애써 달래며 억지 미소를 지었다.

"고생은 뭘. 날이 더워서 그런 거지."

"그때 그렇게 헤어져서 무척이나 아쉬웠는데 이렇게 다시 만나는 것을 보니 우리의 인연도 꽤나 깊은 것 같네."

당하곤의 말에 풍월은 멋쩍은 미소를 지으며 고개를 끄덕였다.

"확실히 그런 것 같습니다."

"비무대회를 보러……. 이런, 내 정신 좀 보게."

당하곤이 아차 싶은 표정을 지으며 슬쩍 몸을 돌렸다.

어딘지 당하곤과 비슷한 분위기를 풍기는 중년인과 이십 대 후반으로 보이는 당당한 체구의 청년, 당청보다 조금은 성숙해 보이는 여인이 궁금한 표정으로 서 있었다.

"일전에 제가 말한 적이 있지요. 황산에서 만났다는 풍 소협입니다, 형님. 철산마……."

철산마도라는 이름을 함부로 언급할 수 없었던 당하곤이 말끝을 흐렸지만 황산이란 말이 나오는 순간부터 중년인의 눈빛에 이미 이채가 흐르고 있었다.

"우리 형님일세, 풍 소협."

당하곤의 말이 끝나기가 무섭게 풍월이 허리를 숙여 예를 표했다.

"풍월이라 합니다."

풍월의 예의바른 모습에 중년인의 입가에 미소가 흘렀다.

"당황이라 하네."

"조만간 당가를 이끄실 분이지."

당하곤이 넌지시 일렀다.

당황이 혀를 차며 뭐라 말을 하려는 순간 당하곤이 얼른 말을 돌렸다.

"이쪽은 본가의 기둥이고."

"당호라 합니다. 얘기는 많이 들었습니다."

청년이 살짝 고개를 숙였다.

풍월은 묘하게 신경을 거스르는 말투며 표정에서 뭔지 모를 불쾌감을 느껴야 했다.

"일전에 객점에서 만난 적이 있는 율이의 형이라네. 그리고 이쪽은 사촌……."

"당령이라고 해요."

당령이 당하곤의 소개에 앞서 한 걸음 나와 인사를 했다.

순간, 풍월은 주변이 환해지는 듯한 느낌을 받았다.

'더, 더럽게 예쁘네. 진짜!'

화장기 없는 수수한 얼굴에 당가의 상징이라 할 수 있는 녹의 경장을 걸친 것이 전부였으나 당령의 전신에선 뭐라 표현할 수 없는 빛이 뿜어져 나오는 것 같았다. 특히 흑요석처럼 빛나는 눈동자는 잠시 바라만 봐도 빨려들어 갈 것처럼 묘한 매력이 있었다.

"더럽……."

풍월은 자신도 모르게 튀어나오는 말을 필사적으로 틀어막고는 황급히 고개를 숙였다.

"푸, 풍월입니다."

당하곤은 당황하는 풍월을 지켜보며 의미심장한 미소를 짓고 당청은 샐쭉한 표정을 지으며 고개를 홱 돌렸다.

그렇게 몇 마디 의례적인 인사가 오고 갈 즈음 비무대회의 시작을 알리는 신호가 울렸다.

"이런, 벌써 시작하는 모양이군. 형님, 이제 자리를 옮겨야 할 것 같습니다."

당하곤이 소개를 받는 순간부터 끊임없이 풍월을 살피고 있던 당황에게 말했다.

"그래야지. 풍 소협도 비무대회를 구경하는가?"

"예, 좋은 구경을 놓칠 수는 없지요."

"흠, 하지만 자리가 마땅치 않군."

당황이 꽤나 떨어진 비무대를 보며 말했다.

"하하! 생각보다 부지런한 사람이 정말 많았습니다. 그래도 그럭저럭 볼 수는 있을 것 같습니다."

"차라리 우리와 함께……."

"형님."

당하곤이 말을 잘랐다.

"화산파에서 본가를 위해 마련한 자립니다."

"아참, 그렇지. 화산이었어."

헛웃음을 내뱉은 당황이 미안한 표정을 지으며 말했다.

"미안하네. 우리도 손님 주제에 주제 넘는 제안을 하려 했군."

"아닙니다. 말씀만으로도 감사합니다."

풍월이 부드럽게 웃으며 고개를 숙였다.

"서둘러야 할 것 같습니다. 너희들도 어서 움직이거라. 풍 소협."

당하곤이 풍월을 불렀다. 당황 등과 눈인사를 주고받던 풍월이 몸을 돌렸다.

"화산에서의 일은 잘 끝났는가?"

의미심장한 눈빛이었다.

"예? 아! 예, 잘 끝났습니다."

일전에 추우객점에서 언제고 화산에 검선 할아버지의 유품을 전하러 갈 것이라 말했던 것을 떠올린 풍월이 고개를 끄덕였다.

"이거, 대단한 환대를 받았겠군. 다른 사람도 아니고 검선 노선배님의 유품이니. 뭐, 화산파 도사님들께서 많이 아쉬워했을 것이고."

당하곤은 추우객점에서 풍뢰도법을 직접 목도했다.

나름 무림에서 잘나간다는 녹림의 총순찰을 간단히 박살낼 정도로 압도적인 무력은 과연 철산마도의 후예다웠다. 하지만 그건 곧 풍월이 화산검선의 무공을 익히지는 않았다는 것을 반증하는 것이기도 했다.

"뭐, 그럭저럭이요."

풍월의 쓴웃음을 보며 당하곤이 고개를 갸웃거렸다.

'역시 화산에선 풍 소협이 화산검선이 아닌 철산마도의 무공을 익혔음을 확인한 모양이군. 하긴, 모른다는 것도 이상하

지. 알았다면 과연 저 자존심 강한 위인들이 어떤 반응을 보였을까?'

무척이나 궁금했으나 굳이 묻지는 않았다. 개인사를 너무 깊숙이 캐묻는 것도 예의는 아니었으니까.

하지만 그건 당하곤의 오해였다. 그의 예상과는 달리 화산파에선 풍월이 철산마도의 무공을 익혔다는 것을 아직 알지는 못했다. 그저 좌수검을 익혔다는 것에 실망을 하고 있을 뿐이다.

물론 풍월이 좌수검을 익혔다는 말을 했을 때 혹시나 하고 의심하는 사람도 있었지만. 아직 확실하게 공론화가 되지는 않은 상태였다.

"비무대회가 끝난 뒤 술이나 한잔하세나. 지객전으로 찾아오면 우리가 머물고 있는 곳으로 안내해 줄 걸세."

당하곤은 풍월의 대답을 듣지도 않고 몸을 돌렸다.

풍월이 일행과 함께 인파 속으로 사라지는 당하곤을 물끄러미 바라볼 때였다.

"사숙!"

고개를 돌리니 온몸을 땀으로 범벅한 운공이 가쁜 숨을 몰아쉬며 서 있었다.

"한참을 찾았습니다."

"나를? 왜?"

"사조님과 사부께서 사숙을 부르십니다."

"사숙과 사형이?"

"예."

"그러니까 왜?"

영문 모를 표정을 짓는 풍월을 보며 운공이 답답하다는 듯 말했다.

"사숙과 함께 비무대회를 참관하시려는 것이지요. 자리도 이미 마련해 두셨답니다. 저쪽, 비무대 좌측 보이십니까?"

풍월이 운공의 손끝을 따라 시선을 움직였다.

잘 정렬된 천막 아래 청색 도복을 입은 이들의 모습이 보였다.

비무대와 가깝고, 아무래도 화산파 제자들만 모여 있기에 다른 곳보다 혼잡하지 않아 비무를 지켜보기에 적당해 보였으나 딱히 끌리지가 않았다.

"됐다, 그래. 난 여기가 편하다."

"사숙!"

"됐다니까. 참, 운파는? 비무 준비는 잘하고 있고?"

운파 얘기가 나오자 곤란해 어쩔 줄을 몰라 했던 운공의 표정이 확 바뀌었다.

"바싹 긴장을 했는지 손끝까지 떨고 있던데요. 그러게 비무 대회는 왜 참가한다고 해서."

"사형한테 혼나지는 않았고?"

"웬걸요. 아주 불호령을 들었지요. 다행히 사조께서 말려주셔서 살았습니다."

"비무대회는? 설마 참가하지 못한다거나……."

"아니요. 사조께서 허락해 주셨습니다. 기왕 신청을 했으니 잘해보라고 격려까지 해주셨지요. 뭐, 제대로 못 하고 망신을 당하면 다리를 분질러 버린다고 협박을 듣기는 했지만요."

풍월이 눈을 동그랗게 뜨며 되물었다.

"사숙이 협박을?"

"설마요. 사부가요, 이렇게 눈을 치켜뜨시면서."

운공이 잔뜩 힘을 주며 두 눈을 부라렸다. 자기 딴에는 흉내를 낸 것이겠지만 청연의 살벌함과는 비교도 되지 않을 정도였다.

"발등에 제대로 불이 떨어졌네."

큭큭거리며 웃은 풍월이 운공의 손을 잡아끌었다.

"자, 이럴 게 아니라 우리도 가야지."

"예? 어디……. 아, 사부님께요?"

"아니, 비무대회를 제대로 볼 수 있는 명당으로."

*   *   *

"여기가 명당이라고요?"

운공이 안절부절못한 모습으로 물었다.

"왜? 거리도 적당하고 앞이 탁 트인 것이 이만하면 구경하기에 그만인 자리잖아."

"그렇긴 하죠. 우리가 밟고 있는 곳이 집법전의 지붕이라는 것만 빼면."

한숨을 내쉰 운공은 금방이라도 호통 소리가 들릴 것만 같은지 연신 주변을 두리번거렸다.

"그렇게 겁먹을 것 없어. 우리만 있는 것도 아니잖아. 설사 안다고 해도 오늘 같은 날 그렇게 빡빡하게 굴지는 않을 거야."

풍월이 지붕 곳곳에 자리 잡고 있는 이들을 가리키며 말했다.

'사숙께서 집법전이 얼마나 살벌한 곳인지 몰라서 그런 겁니다.'

운공은 금방이라도 입 밖으로 터져 나올 것 같은 말을 애써 참았다.

만난 지 이제 고작 하루밖에 지나지 않았지만 어차피 그런 말을 해봐야 듣지 않을 사람이란 걸 깨달았기 때문이다.

"시작하는 것 같다."

풍월이 들뜬 목소리에 운공의 고개가 저절로 비무대로 향했다.

"호, 보폭이 무척이나 안정적이고 여유롭네. 누군지 알겠어? 꽤나 실력이 있어 보이는데."

"운현 사형입니다. 대사형을 제외한 저희 항렬에서 가장 강하다고 인정받고 있지요. 사실상 우승 후보라고 보시면 됩니다."

풍월이 피식 웃음을 터뜨렸다.

"누가 대진표를 짰는지 몰라도 머리 잘 썼네."

"예?"

"우승 후보가 첫 번째 비무자라면 처음부터 분위기를 띄우겠다는 거잖아. 상대가 누군지 모르겠지만 왠지 불쌍하다는 생각이 드네."

"본산의 제자는 아닙니다."

"그건 나도 알아. 옷부터 다르잖아."

풍월이 운공의 청색 도복과 자신의 무복을 번갈아 가리키며 말했다.

"암튼 잡담은 그만하고 일단 보자고. 네 말대로 그만한 실력자라면 순식간에 끝날 수도 있으니까."

하지만 풍월의 예상과는 다르게 비무는 쉽게 끝나지 않았다.

운현의 상대가 강해서 그런 것은 아니었다.

상대는 관객들의 감탄사를 자아낼 정도로 빠른 몸놀림과

위력적인 공격을 보여주기는 했지만 그 모든 움직임과 공격을 단 몇 번의 발걸음과 손짓으로 피해내는 운현의 실력은 압도적이었다.

그럼에도 단지 피하기만 할 뿐 공격을 하지 않았기에 비무 시간이 길어지는 것뿐이었다.

"얼마든지 상대해 줄 테니 마음껏 해보라는 것이군. 상대의 공격이 강하고 화려할수록 그것을 아무렇지도 않게 피해내는 자신의 무위가 그만큼 돋보일 테니까. 어쩌면 위에서 시킨 것일 수도 있겠고."

풍월의 입술이 살짝 뒤틀렸다.

"받아줄 만큼 받아준 다음엔 일격에 끝내겠지. 저렇게."

"아!"

풍월의 눈빛이 차갑게 번뜩이는 순간, 운공의 입에서 탄성이 터져 나왔다.

탄성이 끝나기도 전에 비무대를 뒤흔드는 함성이 뒤따랐다.

전력을 다한 상대의 공격을 피해내고 단숨에 허점을 파고들어 일격에 비무를 끝내 버린 운현은 쏟아지는 환호성을 잠시 즐기다 비무대를 내려갔다.

"재수 없긴 한데 확실히 실력은 제법이야."

풍월이 생각보다 빨랐던 운현의 몸놀림을 떠올릴 때 운공이 말했다.

"운현 사형답네요. 마지막 일격은 어찌 들어갔는지 보이지도 않았어요."

"너만 못 본 거고."

운공의 말을 일축한 풍월이 새롭게 비무대에 올라온 이들을 가리키며 물었다.

"이번엔 누구야?"

"음, 키를 보니 운림 사형입니다. 화산에서 운림 사형보다 키가 큰 사람은 없으니까요. 사부인 청유 사백에게 키만큼 실력을 쌓으라는 구박을 종종 받는 것 같긴 합니다만, 그래도 손꼽히는 강잡니다."

"확실히 크긴 크다."

상대의 머리가 운림의 어깨밖에 오지 못하는 것을 보며 헛웃음을 내뱉었다.

"상대는… 헛!"

"왜?"

"운산 사형입니다."

호들갑을 떨며 비무대를 바라보는 운공의 음성은 무척이나 흥분되어 있었다.

"누군데 그래?"

"운현 사형과 더불어 우승 후보로 손꼽히는 실력잡니다. 무엇보다 운파 사형과 저를 많이 챙겨준 사형이지요."

운공의 말투 속에 은연중 운산에 대한 고마움과 응원이 깃들어 있었다.

"흠, 확실히 강해 보이긴 하네."

운산을 지그시 바라보던 풍월은 어딘지 모르게 위축되어 있는 운림에 비해 안정적인 자세로 검을 들고 있는 운산을 보며 고개를 끄덕였다.

이미 검을 든 자세만 보더라도 어느 정도 실력을 지녔는지 가늠이 되었다.

운산으로부터 선공이 시작되었다.

통상적으로 이런 비무대회에선 실력보다는 연배가 높은 사람이 선공을 양보하는 법.

하지만 운산의 선공은 의례적인 공격일 뿐 그다지 위협적이거나 날카롭지 않았다.

본격적인 대결은 형식적인 공방 이후에 이뤄졌다.

'매화검법.'

풍월은 두 사람이 사용하는 검법이 무엇인지 단번에 알아봤다.

화산파를 대표하는 이십사수매화검법.

화산의 어떤 검법보다 빠르고 날카로우며 변화막측한 검법답게 두 사람의 공방은 마치 약속된 검무를 보듯 화려했고 현

란했다.

그 화려함 속에 등골이 서늘하게 만들 정도로 번뜩이는 공방이 숨어 있으니 그 누구도 비무대에서 시선을 떼지 못했다.

"이기… 겠지요?"

치열한 공방이 일각 가까이 이어졌음에도 좀처럼 승부가 나지 않자 운공이 걱정스러운 눈빛으로 물었다.

"누가? 운산이?"

"예."

"당연한 거 아냐? 승부는 아까 끝났어. 같은 무공을 쓰고는 있지만 애당초 성취도가 달라. 마음만 독하게 먹었으면 이십 초 이내에 끝날 싸움이었을걸. 나름 배려한다고 하는 것 같은데, 운림이 사형이지?"

"예."

"그럴 줄 알았다. 잘들 노네."

풍월이 코웃음을 치며 비아냥거리자 운공의 눈동자가 흔들렸다. 이유를 묻고 싶었지만 차마 입이 떨어지지 않았다.

"사형제 간에 돈독한 우의가 보기 좋은데 내가 왜 그러나 싶지?"

"그게……."

"치열함이 전혀 보이지 않아서 그래. 앞서서 대결했던 운현도 그렇고 이번 대결에서도 치열함은 전혀 느껴지지 않잖아.

아, 운현과 싸웠던 그 속가제자는 제외다. 그는 자기가 지닌 실력 이상으로 정말 최선을 다했어. 그걸 일량한 실력을 시닌 인간이 깡그리 무시해 버렸지만."

풍월의 전신에서 흘러나오는 싸늘한 분위기에 운공은 아무런 대꾸도 못 하고 침만 꿀꺽 삼켰다.

"진짜 싸움도 아니고 단순한 비무에 너무 무리한 주문이라고 생각해?"

풍월이 물었다.

"전⋯⋯."

"그래도 할 수 없어. 난 그렇게 배웠으니까. 단 한 번의 비무도 실전처럼 하지 않은 적이 없어. 뭐, 덕분에 매일같이 깨지고 상처를 입었지만."

풍월의 말이 끝나기를 기다렸다는 듯 커다란 함성이 들려왔다.

운공이 비무대를 향해 재빨리 고개를 돌렸다.

방금 전까지 치열하기만 했던 두 사람의 대결은 눈 깜짝할 사이에 끝나 버렸고, 어느새 승자와 패자가 갈려 있었다.

풍월의 장담대로 승자는 운산이었다.

비무대회의 심판관이라 할 수 있는 도장이 운산의 승리를 선언하자 멋진 대결을 보여준 그들을 향해 관객들은 화산이 떠나가라 환호성을 질렀다.

나란히 비무대를 내려가는 운림과 운산은 물론이고 그들을 기다리고 있던 사형제들과 여러 존장들의 얼굴에도 미소가 흐르고 있었다.

풍월은 그것도 마음에 들지 않았다.

"어른들마저 저 모양이니 이번에도 영 글러먹은 것 같네."

운산의 승리에 마음속으로나마 축하를 보내고 있던 운공이 두 눈을 끔뻑거렸다.

"이곳에 도착하기 전날 화산파의 속가제자라는 분들을 만났다. 그리고 이번 비무대회에 걸고 있는 그들의 기대를 들었지. 화평연이 뭔지는 알지?"

"예."

"지난 대회에서 화산파가 어떤 꼴을 당했는지도 알고?"

"들었습니다."

"그런데도 내 말을 이해하지 못하는 걸 보면……."

한심하다는 듯 운공을 바라본 풍월은 억울해하는 그의 표정을 보며 혀를 찼다.

"두고 봐라. 이렇게 화기애애한 분위기 속에서 집안 잔치로 끝나게 되면 이번에도 같은 꼴을 면키 힘들 테니까. 실전의 치열함도 모르는 인간들이 어떻게 화평연에 나가고, 또 나간다 하더라도 피비린내를 맡고 올라온 패천마궁 인간들을 어찌 이겨? 어림도 없지."

풍월의 신랄한 비판은 이후에도 한참이나 이어졌다.

운공은 온갖 비판과 비난이 뒤섞인 풍월의 말에 잔뜩 불만 섞인 표정을 지었지만 딱히 반박할 말이 떠오르지 않았다.

이후의 비무 역시 비슷한 양상으로 계속 이어졌다.

본산제자들과 속가제자들의 비무는 거의 일방적인 흐름 속에 본산제자들이 승리를 거뒀다.

속가제자들 중 몇몇은 본산의 제자들이 당황할 정도로 선전을 하기도 했는데, 결국 벽을 넘는 사람은 아무도 없었다.

본산제자들끼리의 대결은 온갖 화려한 동작과 초식이 이어졌지만 풍월의 표현대로라면 치열함과 긴박감은 시궁창에 처넣은 대결에 불과한 것이었다. 물론 비무대회를 지켜보는 대다수의 사람들은 그렇게 생각하지 않았다. 오히려 화려한 공방에 더욱 환호성을 질렀다.

그렇게 비무대회가 한 시진 가까이 이어졌을 때 풍월이 하품을 하며 물었다.

"운파는 언제 나오는데?"

"이제 나올 때가 되었습니다. 아무래도 늦게 신청을 해서 그런지 순서가 뒤로 밀렸… 아, 저기 나옵니다."

운공이 벌떡 일어나며 손짓했다.

"참, 오래 기다리게도 한다. 상대는 누구야?"

"잠시만요. 그러니까……."

운파의 상대를 살피던 운공의 표정이 살짝 어두워졌다. 그것을 본 풍월이 옆구리를 툭 치며 물었다.

"왜? 강한 상대야?"

"예, 강합니다. 운일 사형도 우승 후보까지는 아니더라도 손꼽히는 강잡니다."

"그래? 재미있겠네."

비무대로 향한 풍월의 눈동자는 이전과는 달리 반짝반짝 빛났다.

차분히 자세를 잡던 운파가 갑자기 움직이며 검을 찔렀다.

형식적으로 주고받는 첫수가 아니었다.

도포의 소맷자락이 거칠게 펄럭거리며 눈앞에 갑자기 검이 나타나자 운일은 깜짝 놀랐다.

운일은 검을 치켜올리는 것과 동시에 왼발을 움직여 우측으로 빠져나가려 했다.

운파가 손목을 휘돌려 운일의 검을 비스듬히 흘리고 빠른 속도로 몸을 비틀어 움직임을 차단하자 섬전같이 튀어나온 운일의 검이 가슴을 찔러왔다.

매화검법의 절초인 매화관운(梅花貫雲)이다.

운일의 검이 운파의 가슴을 파고들자 관전하고 있던 화산파의 존장들이 벌떡 일어났다.

비무대회에서 사용하는 검이 날을 세운 진검은 아니나 이런 식의 찌르기에 당하면 자칫 큰 부상을 당할 수도 있기 때문이었다.

하지만 운일의 검이 가슴에 적중되는 것보다 운파의 손이 더 빨랐다.

검의 옆면을 쳐 방향을 바꾼 왼손이 검을 타고 오르며 운일의 팔을 공격했다.

"호! 괄구마광(刮垢磨光)이네."

풍월이 난화수를 사용하며 운일의 공격을 막고 멋진 반격을 하는 운파를 보며 감탄을 터뜨렸다.

하지만 운파의 역공은 운일에게 큰 타격을 주지는 못했다. 운일이 적절하게 팔을 뺌과 동시에 검을 쥔 손목을 꺾어 운파의 발등을 찍으려 했기 때문이다.

운일의 빠른 반응에 깜짝 놀란 운파가 기겁하여 물러나자 그사이 자세를 가다듬은 운일이 힘찬 외침과 함께 허공으로 몸을 띄웠다.

검이 춤을 추기 시작했다.

매화검법 중 화려하기가 으뜸이라는 매화난비(梅花亂飛)였다.

허중실(虛中實).

허초로 상대의 눈을 가리고 그 안에 품은 실초로써 적에게 치명타를 안기는 수법.

검로가 무척이나 까다롭고 사이사이 수많은 변초가 있기에 매화검법 중에서도 익히기가 상당히 난해한 초식이었다.

매화난비를 시전하는 운일의 얼굴엔 회심의 미소가 그려져 있었다.

'생각보다 제대로 펼쳐졌다.'

최근 들어 집중적으로 연습한 것이 얼마나 다행인지 몰랐다.

허초에 심각하게 반응하며 큰 허점을 드러내는 운파의 모습에 운일은 승리를 확신했다.

'내가 이겼다, 사제.'

솔직히 쉽게 생각했다.

큰 노력 없이도 충분히 꺾을 수 있다고 여겼으나 그건 자만이었다.

잠깐의 공방을 통해 운파의 실력을 제대로 확인할 수 있었다.

만약 매화난비를 제대로 연마하지 못했다면 얼마나 치열한 싸움을 펼쳐야 했을지 가늠조차 되지 않았다.

승리감도 잠시, 운일의 입가에서 미소가 사라지는 것은 순식간이었다.

회심의 일격으로 날린 검이 완벽하게 틀어막혔다. 아니, 단순히 틀어 막힌 것이 아니라 마치 기다렸다는 듯 완벽하게 역공을 허용했다.

"아!"

운일의 입에서 경악성이 터져 나왔다.

스스로 자부컨대 매화난비의 초식은 완벽했다. 물론 존장의 눈으로 보았을 때 미비한 곳이 있을지는 모르나 운파의 수준으로 막을 수 있는 공격은 결단코 아니었다.

완벽한 허초로 상대를 끌어들였고 깊게 숨겨두었던 실초로써 결정타를 날렸다.

'한데 어째서……'

운일의 생각은 이어지지 못했다.

옆구리 쪽에서 들이친 강력한 충격에 쓰러지며 순간적으로 정신을 잃고 만 것이다.

"와아!"

"최고다!"

비무대에 지금껏 그 어떤 대결보다 큰 함성이 울려 퍼졌다.

승리를 거둔 운파는 거친 호흡을 내뱉으며 멍하니 서 있었다. 아직도 자신의 승리가 믿기지 않는다는 표정이었다.

"이야! 제법이네. 상대가 판 함정에 제대로 말린 줄 알았는데."

풍월이 힘차게 박수를 치며 다른 이들처럼 환호성을 보냈다.

자신의 승리인 양 기뻐 날뛰던 운공이 한껏 고무된 얼굴로 말했다.

"운일 사형이 매화난비를 사용한 건 정말 제대로 실수한 겁니다."

"어째서? 다소 부족해 보이긴 했지만 나름 상당히 뛰어났는데."

"우린 운일 사형이 펼치는 것보다 훨씬 뛰어난 매화난비를 거의 매일 상대했으니까요."

"매일? 아, 청연 사형?"

"예, 사부께서 펼치는 매화검법 중 유난히 매화난비에 맥을 못 췄습니다. 당연히 죽자고 파고들었지요. 아직도 어림없지만 그 덕분에 매화검법 중 가장 성취도가 높은 초식이 되었지요. 그런데 같은 초식이라도 뭔가 확실히 다르네요."

"뭐가 다른데?"

풍월이 흥미로운 표정으로 되물었다.

"운일 사형의 초식은 우리가 익히 알고 있는 매화난비와 크게 다르지 않았습니다. 그런데 사부께서 펼치는 매화난비는 영 이상하단 말이지요. 원래의 검로가 아닌 듯하다가 뒤돌아보면 우리가 알고 있는 검로를 충실히 따른 것 같고, 또 그런가 싶으면 어느새 종잡을 수 없는 방향으로 움직입니다."

"허초와 실초도 구별하기 힘들고?"

"예, 구별하기 힘든 정도가 아니고 마구 뒤섞여서 이건 뭐……."

운공의 입에서 절로 한숨이 흘러나왔다. 표정을 보건대 청연에게 꽤나 당한 모양이었다.

"흐흐흐! 내가 처음에 무공을 배울 때 그렇게 당했지. 옛날에 할아버지께서 이런 말씀을 하셨다. 같은 무공을 익혔다고 해도 사람마다 해석이 다른 법. 중심이 되는 틀만 같을 뿐 그것을 어떻게 해석하고 응용하느냐에 따라 전혀 다른 무공이 될 수도 있다고 말이야. 그런 면에서 볼 때 운일의 검은 너무 정직했어. 자신의 해석이 들어가지 않고 응용도 없는 배운 그대로의 것."

"사부님의 검을 통해 그렇게 시달림을 받았으니 운파 사형이 막아내는 것은 당연하겠군요. 아무튼 확실히 운이 없네요. 분명 실력적으론 운일 사형이 위였는데요."

운공이 혀를 차며 고개를 떨군 채 앉아 있는 운일을 바라보았다.

"아니, 그 운도 실력이야. 애당초 실력이 없다면 찾아온 운도 찾아먹지 못할 테니까. 운파가 사형의 매화난비를 막기 위해 죽어라 노력하지 않았으면 운일의 공격을 감당하지 못했을걸. 네 말대로 순수 실력만 따진다면 운파가 다소 부족한 건 사실이니까."

풍월의 말이 끝나기가 무섭게 뒤쪽에서 감탄사가 터져 나왔다.

"옳거니! 게다가 실전에선 그 운에 의해 목숨이 왔다 갔다 하기도 하는 법이지."

흠칫 놀란 풍월과 운공이 동시에 뒤를 돌아보았다.

일노일녀(一老一女).

언제부터인지 알 수 없으나 눈처럼 새하얀 백발에 부드러운 눈매와 입매, 전체적으로 선한 얼굴을 지닌 선풍도골(仙風道骨)의 노인과, 찬바람이 불다 못해 꽝꽝 얼어붙을 것만 같은 차가운 인상을 지닌 여인이 풍월을 바라보고 있었다.

풍월과 운공의 눈동자가 파르르 떨렸다. 같은 반응이었으나 그 의미는 전혀 달랐다.

운공은 지금껏 보지 못한 미녀가 자신의 뒤에 서 있다는 것에 놀란 것이었고, 풍월은 그들의 등장 자체에 놀라고 있었다.

'언제부터 뒤에 있었던 것이지? 아니, 그보다……'

비무대회를 보기 위해 집법전 지붕에 오른 사람의 수는 꽤 나 많았다. 하지만 기억에 노인과 여인은 없었다.

"이런, 두 사람의 대화가 꽤나 흥미가 있어서 노부도 모르게 끼어들고 말았군. 미안하네."

노인이 너털웃음을 지으며 사과를 했다.

"아닙니다."

풍월이 웃으며 답했다. 그 와중에 차분히 노인과 여인을 살폈다.

노인을 살피던 풍월의 눈동자가 미미하게 흔들렸다.

노인에게선 아무런 기운도 느껴지지 않았다. 하지만 그것이 전부가 아니라는 것을 직감이 가르쳐 주고 있었다.

노인과 눈동자가 마주쳤다.

번쩍!

번개가 머리부터 발끝까지 관통하는 듯한 느낌을 받았다.

전신의 솜털까지 파르르 곤두섰다.

등줄기에 식은땀이 흐르고 입술이 바짝 말랐다.

태산과 같은 위압감도, 폭풍과 같은 흉포함도, 심지어 살기도 아니었다.

노인은 자체로 무(無)였다.

하지만 모든 것일 수도 있다는 느낌을 받았다.

'도, 도대체가……'

풍월이 자신도 모르게 침을 꿀꺽 삼켰다.

이런 느낌은 지금껏 단 한 번도 경험해 보지 못한 것이었다.

노인은 풍월의 반응에 오히려 흥미롭다는 표정을 짓다가

슬며시 시선을 돌려 운공에게 말을 건넸다.

"자네, 화산파의 도사인가?"

"예? 예, 그렇습니다. 운공이라 합니다."

운공이 공손히 대답했다.

순간, 풍월의 입에서 나직한 탄식이 터져 나왔다.

맥이 탁 풀렸다.

마치 이름 모를 고수와 생사결을 벌인 것처럼 기운이 없었다.

여인은 그런 풍월을 빤히 바라보고 있었다.

풍월의 시선이 자연히 여인에게 향했다.

노인과는 전혀 다른 분위기였다.

존재감을 완전히 지웠던 처음과는 달리 마치 자신을 알아 달라는 듯 여인의 전신에선 그야말로 칼날과도 같은 기운이 뿜어져 나왔다.

놀라운 것은 그 기운이 주변을 휘감고 있음에도 그녀의 기운에 반응하는 사람이 전무하다는 것이었다. 오직 풍월만이 그녀의 존재를 의식하고, 긴장하고, 흥미롭게 바라보고 있었다.

'검… 인가?'

그녀 자체가 한 자루의 거대한 검처럼 느껴졌다.

그 검에서 쏟아지는 기세가 풍월에게 집중되었다.

금방이라도 자신을 벨 듯한 기세에 풍월도 천천히 내력을 끌어모았다.

단전에서 시작한 자하신공의 기운이 단전을 중심으로 기경팔맥과 세맥으로 뻗어나갔다.

묵천심공의 기운이 이에 반발하려 하자 분심공을 이용하여 묵천심공의 반발을 잠재웠다.

풍월의 몸을 완벽하게 차지한 자하신공은 억눌렸던 기운을 마음껏 뿜냈다.

풍월의 전신에서 붉은 기운이 은은히 피어올랐다. 자하신공을 익혔음을 단적으로 보여주는 현상이었다.

"호! 자하신공이로군."

언제 운공에게 말을 걸었냐는 듯 풍월에게 시선을 고정시키고 있던 노인은 풍월의 몸에서 희미하게 일렁이는 자하신공의 기운을 단번에 알아챘다. 게다가 풍월의 성취가 생각보다 훨씬 뛰어남을 확인하곤 무척이나 놀랐다.

'팔성 이상인가?'

팔성이라면 최소한 장로급 정도는 되어야 지닐 수 있는 수준이다. 풍월의 나이는 대충 봐도 스물하나, 둘 정도.

'화산검선도 저 나이엔 이 정도까지는 아닌 것으로 아는데. 대체 이런 인재가 언제 화산에서 배출되었단 말인가?'

하지만 언제까지 생각만 하고 있을 수는 없었다.

자하신공과 여인이 뿜어내는 기운이 충돌하기 일보 직전의
상황이었다. 지금까지야 주변의 사람들까지도 두 사람의 상황
을 전혀 눈치채지 못하고 있지만 두 기운이 부딪치는 순간, 화
산에 모인 모든 이들이 두 사람의 존재를 의식하게 될 것이다.
그 전에 집법전이 초토화될 것이고.

노인이 슬그머니 몸을 움직여 두 사람 사이에 끼어들었다.

"그러고 보니 이것도 인연인데, 우리 통성명이나 하세."

노인이 앞을 가로막자 풍월을 위협했던 검이 순식간에 사라
지고 온전한 그녀가 모습을 보였다.

피식 웃은 풍월 역시 자하신공의 기운을 거뒀다.

"풍월이라 합니다."

"좋은 이름이군. 노부는 초무량이라 하네. 이 아이는 노부
의 손녀일세."

초무량이 눈짓을 하자 여인이 못마땅한 표정으로 고개를
까딱거렸다.

"초연이라고 해요."

차가운 표정답게 목소리에도 냉기가 쫠쫠 흘렀다.

'쯧쯧, 얼굴만 이쁘면 뭘 하나. 저렇게 차가워서야.'

풍월은 자신도 모르게 초연의 얼굴에 비무대회 전에 보았
던 당령의 얼굴을 겹쳐 보았다.

두 사람 모두 우열을 가리기 힘들 정도의 미모를 지녔지만

풍기는 기운은 극명하게 달랐다.

당령이 온화함 속에 도도함을 갖췄다면, 초연은 싸늘함 속에 그보다 더한 차가움을 지닌 듯했다.

"젊은 도사가 사숙이라 부르는 것을 보면 자네도 화산파의 제자인 것 같은데……."

초무량이 풍월이 입은 옷을 슬쩍 살피며 말끝을 흐렸다.

"속가제자입니다."

"아! 그렇군. 그런데 어떻게 자하신공을 익힌 것인가? 노부가 알기론 자하신공은 오직 본산의 제자, 그것도 일정 자격을 지닌 제자에게만 전수되는 것으로 아는데. 아닌가?"

"운이 좋았습니다."

풍월이 담담히 웃으며 말했다.

"그렇군. 허허! 운이라……."

초무량이 의미심장한 웃음을 지으며 고개를 끄덕였다. 말을 하고 싶지 않아 하는데 되묻는 것은 실례였기 때문에 굳이 되묻지는 않았다.

초무량이 풍월을 관찰하듯 풍월 역시 초무량을 차분히 살폈다.

'노인의 무공은 도저히 가늠키 힘들다. 초연이란 여인 역시 나보다 아래라 할 수 없을 정도고. 대체 누구란 말인가? 이 정도 실력이라면 무림을 뒤흔들고도 남았다. 하지만 초무량이란 이름은 들어본 적이 없다. 아직 세상에 알려지지 않은 기인이사인가? 아마도 그런 것 같다. 과연 무림은 넓구나.'

풍월이 자신도 모르는 사이에 파고든 자만심을 질책할 때 초무량이 초연을 향해 말했다.

"오늘은 이만 돌아가자꾸나. 내일은 되어야 그나마 제대로 된 비무를 볼 수 있을 것 같구나."

"예."

그렇잖아도 긴박감이라곤 전혀 느껴지지 않는 비무를 지겨워하던 초연이 조용히 대답했다.

"가시렵니까?"

풍월이 물었다.

"이 아이에게 말했듯 영 그렇군. 참가자가 많다고 해서 나름 기대를 했는데 실망이라네. 숫자만 많다고 좋은 것은 아니었어. 한두 번 걸러져야 볼만해질 것 같군."

"같은 생각입니다. 확실히 이건 아닌 것 같습니다."

풍월이 쓴웃음을 지으며 말했다.

화산파에 그다지 애정은 없다고 생각했는데 막상 좋지 못한 소리를 듣자 괜스레 얼굴이 뜨거워졌다.

"그럼 먼저 가겠네. 만나서 반가웠네."

잠시 뜸을 들인 풍월이 조심히 물었다.

"내일도 뵐 수 있을까요?"

"글쎄. 인연이 있다면 볼 수도 있겠지. 가자꾸나."

부드럽게 웃은 초무량이 몸을 돌렸다. 차가운 눈빛으로 풍월을 살피던 초연마저 초무량을 따라 움직이자 풍월의 입에서 나직한 숨이 흘러나왔다.

초무량과 초연이 떠난 후에도 비무는 계속 이어졌다.

표국에서 일을 하고 있다는 속가제자 몇을 제외하곤 큰 이변이 없었다. 그럼에도 화산파 제자들의 비무를 보는 것만으로도 즐거웠는지 주변의 분위기는 그저 흥겹기만 했다.

하지만 풍월은 온전히 비무대회를 즐길 수가 없었다. 비무대회 자체에도 흥미가 떨어졌지만 머릿속이 온통 초무량과 초연에 대한 생각으로 가득 찼기 때문이었다.

*   *   *

"사부님."

밖에서 들리는 인기척에 화산파의 가장 큰 어른 송엽진인이 읽던 책을 덮었다.

"들어오너라."

송엽진인의 허락을 받고 방으로 들어선 사람은 도광과 도은이었다.

도광과 도은이 예를 갖추고 자리에 앉았다.

어딘지 모르게 어두운 표정인 도광과는 달리 서둘러 자리에 앉는 도은의 낯빛은 살짝 상기되어 있었다.

"손님 맞느라 바쁠 터인데 여기까지 어인 일이냐?"

송엽진인이 도광에게 물었다. 도광을 대신해 도은이 입을 열었다.

"드릴 말씀이 있어 찾아뵙습니다."

"내게?"

"예."

"무슨 일이기에 이 늦은 시간에……."

도은의 표정이 심상치 않다고 여긴 송엽진인이 자세를 고쳐 앉았다.

"풍월이란 아이를 아십니까?"

"풍… 월이라면 사제의 유품을 가지고 왔다는 아이 말이냐?"

"그렇습니다."

"그 아이에게 무슨 문제라도 있는 것이냐?"

"있습니다. 그것도 아주 커다란 문제가 있습니다."

"좌수검을 익혔다는 말은 들었다. 이치에 맞지는 않으나 그 것이 큰 문제라고 하기엔……."

송엽진인의 말이 채 끝나기도 전에 도은이 말을 이었다.

"단순히 좌수검이 문제가 아닙니다. 그 아이는 철산마도의 무공을 익혔습니다."

"지… 금 뭐라 했느냐? 마도라고 했느냐?"

송엽진인의 눈이 부릅떠졌다.

"예, 틀림없이 철산마도의 무공을 익혔습니다. 이미 대단한
활약까지 했다고 하더군요."

활약이란 말을 할 때 도은의 입꼬리가 거칠게 비틀렸다.

"하면 사제의 무공을 익혔다는 것은 거짓이란 말이더냐?"

송엽진인의 음성엔 노기가 잔뜩 깃들어 있었다.

"거짓은 아닐 것입니다. 다만 어째서 좌수검을 익혔는지 그
이유가 밝혀진 것이지요. 그 아이가 철산마도의 무공으로 녹
림의 고수를 박살 냈다고 합니다. 그것도 압도적으로요. 이는
곧 철산마도의 후예임을 자처한 것. 검선 사숙의, 아니, 화산
의 무공은 그저 곁가지로……."

"감히!"

쾅!

화를 참지 못한 송엽진인의 주먹에 앞에 놓인 탁자가 산산
조각이 났다.

"그런 아이를 화산의 제자로 받아들였습니다. 비록 속가라
하나 철산마도의 후계자를 화산의 제자로 받아들였다는 것은
장차 큰 문제가 될 수 있습니다."

"장문 사질은 이 사실을 알고 있느냐?"

송엽진인이 날카로운 눈초리로 물었다.

"아직 말하지 않았습니다. 저도 사형을 통해 조금 전에 알게 된 사실입니다."

송엽진인이 그저 한숨만 내쉬고 있는 도광을 향해 시선을 돌렸다.

"너는 이 사실을 어찌 알았느냐?"

"지객전의 손님으로 와 있는 당가의 식솔을 통해 전해 들었습니다. 혹, 당하곤이란 이름을 기억하십니까?"

"기억한다. 직접 만나본 적은 없지만 옛날부터 꽤나 뛰어난 인재라고 들었다."

"그가 풍월과 인연이 조금 있는 모양입니다. 녹림의 고수를 물리치는 것도 직접 보았고요."

"하면 당하곤을 통해 들었느냐?"

"아닙니다. 당 공자에게 들었습니다."

"당 공자?"

송엽진인이 의문을 표하자 도은이 슬며시 끼어들었다.

"당호라고 당가의 장손입니다."

"흠, 당가의 장손이라면 없는 말을 함부로 내뱉지는 않았겠지. 한데 당호란 아이가 어째서 네게 그런 얘기를 해준 것이냐?"

"지객전에 머물고 있는 손님들을 살피러 다니던 중 당가의 숙소에서 들었습니다. 우연찮게 풍월의 얘기가 나왔는데 그때 툭 튀어나온 말입니다. 말을 하고도 아차 싶었는지 당황한 기색이 역력하더군요."

"하지만 이미 엎질러진 물이지요. 사형이 캐묻자 결국 당시의 일을 정확히 말해줬다고 합니다."

신나서 떠드는 도은을 힐끗 바라본 송엽진인이 착 가라앉은 음성으로 물었다.

"틀림없느냐?"

"예, 이후의 얘기는 당하곤 시주에게 직접 들은 말입니다. 틀림없습니다."

"음."

송엽진인이 나직한 신음과 함께 눈을 감았다.

도은은 한참을 기다려도 송엽진인의 입에서 아무런 말도 흘러나오지 않자 참지 못하고 말했다.

"일의 정황상 당연히 파문을 해야 할 것이나 그 아이를 속가제자로 들이는 일을 강력하게 주장한 사람이 장문 사형과 도인 사형인지라 어찌해야 할지 모르겠습니다."

"……"

"사부님."

송엽진인이 가만히 눈을 떴다.

도광은 사부의 반개한 눈동자에서 순간적으로 뿜어져 나오는 한광을 느끼곤 가볍게 몸을 떨었다.

"철산마도의 무공을 익힌 자가 화산파의 제자라니, 결코 있을 수 없는 일이다. 하나 장문 사질의 체면도 있는 것이니, 우선 당가를 통해 들은 사실을 알리고 어찌 처결할 것인지 의견을 물어라."

"하지만 장문 사형이……."

"고집을 꺾지 않는다면 어쩔 수 없이 공론화를 시켜야겠지. 장문 사질이 제대로 판단을 하지 못한다면 곧바로 장로 회의를 열어 이 문제를 다루도록 해라."

도은의 입가가 쫙 찢어졌다.

드디어 원하던 말이 떨어졌다. 벌떡 일어난 도은이 송엽진인을 향해 허리를 숙였다.

"물러나겠습니다, 사부님."

순식간에 사라지는 도은을 보며 도광도 힘없이 자리에서 일어났다.

송엽진인에게 예를 표하는 도광의 표정은 늘 웃는 얼굴이라 하여 소선(笑仙)이란 별명을 지닌 사람답지 않게 딱딱히 굳어 있었다.

＊　　　　＊　　　　＊

화산검회 첫날의 비무대회를 성공적으로 마친 그날 밤, 정심전의 분위기는 무서울 정도로 착 가라앉아 있었다.

들뜬 분위기를 다잡고 앞으로 남은 일정을 무사히 치르고자 서로를 격려하는 그런 분위기가 아니었다. 마치 화산에 큰일이라도 난 듯 저마다 심각한 표정을 짓고 있었는데 몇몇 사람은 금방이라도 분노를 터뜨릴 모양새였다.

도은이 송엽진인의 당부대로 장문인에게 풍월의 정체에 대해 보고를 했음에도 예상과는 달리 반응이 미지근하자 곧바로 공론화를 시켜 버렸기 때문이다.

"도광 사제, 도은 사제의 말이 틀림없는가?"

도장이 딱딱히 굳은 얼굴로 물었다.

"예, 틀림없습니다."

도광이 무거운 얼굴로 고개를 끄덕였다.

"그놈이 좌수검을 익혔다 말했을 때 눈치를 챘어야 했습니다. 화산검을 어찌 좌수검으로 익힐 수 있단 말입니까? 아무리 자유분방한 검선 사숙이라도 좌수검은 용납하지 않았을 일입니다."

도은이 분통을 터뜨리며 말했다.

"하지만 익혔다는 것은 검선 사숙의……."

도은이 세설전주 도예의 말을 곧바로 잘랐다.

"익혔다 한들 그것이 제대로 된 화산의 무공이겠습니까? 검선 사숙께선 세속의 정 때문에 몇 수 가르쳐 주신 것에 불과한 것이겠지요. 철산마도의 무공으로 녹림의 총순찰을 박살냈다고 합니다. 녹림의 총순찰 황천룡이란 자는 그래도 한가락 하는 자입니다. 그런 자를 간단히 쓰러뜨렸다면 철산마도의 무공을 제대로 이어받았다는 것을 의미합니다. 검선 사숙과 약간의 인연이 있다는 이유로 받아들일 수는 없는 노릇입니다."

도은의 거친 음성이 정심전을 쩌렁쩌렁 울렸다.

"맞습니다. 설사 화산에서 그를 품는다고 해도, 정파의 그어떤 곳에서도 이를 용납하지 않을 것입니다."

"자칫 본문의 명예가 실추될 수도 있겠지요."

"아무렴. 철산마도에 원한을 가진 문파가 하나둘이 아니야. 특히 무당파가 그렇겠지. 과거 화평연에서 그에게 무당파 제일의 기재를 잃었으니까."

곳곳에서 도은의 말에 호응하는 말들이 들려왔다. 이에 힘을 얻은 도은이 강력하게 주장했다.

"당장 파문을 해야 합니다."

파문이란 말에 다들 흠칫 놀랐다.

파문이란 말이 주는 무게감은 결코 가볍지 않다.

단순히 문파에서 쫓아내는 정도가 아니라, 문파에서 준 무공까지 거둬들인다는 것. 다시 말해 사지근맥을 잘라 폐인을 만든다는 의미였기 때문이다.

"무슨 자격으로? 애당초 싫다는 그 아이를 화산파의 속가 제자로 삼은 것은 우리다."

도인이 어처구니없다는 얼굴로 되물었다.

평소라면 도인의 말에 제대로 반박도 하지 못하는 도은이었으나 자신의 주장에 힘을 받은 지금은 달랐다.

"하지만 철산마도의 후예입니다. 본문의 무공이 유출되는 것은 막아야 하지 않겠습니까?"

"그건 검선 사숙께 따질 일이고. 만약 그 아이가 거부하면 어쩔 텐가? 검선 사숙의 마지막 유지를 가지고 본 문을 방문한 그 아이와 칼부림이라도 하자는 말인가? 게다가 사제 말대로라면 화산의 검을 제대로 익히지도 않았다는 말인데, 그런 아이를 파문하자는 건 어거지가 아닌가. 백 번을 양보해서 그 아이가 지닌 무공을 거뒀다고 해보세. 그 후환은 어찌 감당할 텐가?"

"예?"

"사제 주장대로 그 아이가 철산마도의 후예라면 철산도문의 일원이요, 패천마궁과도 연계가 된다는 말. 만약 패천마궁에서 이를 문제 삼으면 어쩔 텐가 말이네."

"그, 그건……."

미처 거기까지 생각하지 못한 도은이 말을 얼버무렸다. 그럴 줄 알았다는 듯 도인이 한심하단 얼굴로 혀를 찼다.

"젊은 시절부터 앞뒤 생각 없이 무작정 지르고 보는 성격을 고치라고 그리 말했건만."

"……."

도은이 붉어진 낯빛으로 입을 다물자 지금껏 말을 아끼던 도선이 조용히 물었다.

"막내 사제는 불렀는가?"

"예, 곧 도착할 것입니다."

마치 그 질문만을 기다린 듯 대답과 동시에 굳게 닫혔던 정심전의 문이 열리며 당황한 기색의 도진이 모습을 보였다.

꽤나 서둘러 산을 내려왔는지 이마에 땀방울이 송골송골 맺혔다.

"찾으셨습니까?"

"어서 오게나."

도선이 씁쓸한 웃음으로 그를 맞이했다.

도진은 정심전의 분위기와 자신을 보는 사형들의 차가운 눈빛을 보며 뭔가 큰 문제가 생겼음을 눈치챘다. 그리고 그 문제에 풍월이 관계되어 있음을 직감적으로 느낄 수 있었다.

"풍월이 철산마도의 무공을 익혔다는 것을 알고 있었나?"

도진이 자리에 앉기도 전 도은의 날선 음성이 날아들었다.

'이거구나.'

도진은 심장이 쿵 내려앉는 느낌이었다. 애써 침착함을 유지하며 대답했다.

"알고 있습니다."

"알아? 알면서 그런 짓을 했단 말인가?"

"검선 사숙과 조손의 인연을 맺은 것처럼 철산마도 선배와도 같은 인연을 맺은 것으로 압니다. 당연히 무공을 배웠겠지요."

"그걸 지금 말이라고……."

도은이 부들부들 떨며 말을 잇지 못하자 도장이 그에게 흥분을 가라앉히라는 손짓을 하며 말했다.

"사제 말대로 무공을 익힐 수는 있다. 그래, 조손의 관계를 맺었으니 익히는 것이 어쩌면 당연한 것일 수도 있겠지. 문제는 어떤 것이 주냐는 것이야. 묻겠네. 그 아이는 정확히 누구의 무공을 익힌 것인가?"

"그, 그건……."

도진이 말끝을 흐리자 도장이 엄중한 눈빛으로 말을 이었다.

"사제도 기억을 할 것이고, 여기 있는 우리 모두는 똑똑히 들었네. 지난밤, 그 아이가 좌수검을 익혔다고 선언하듯 말했지. 아닌가?"

"맞습니다."

"다시 묻지. 검선 사숙의 무공을 배웠다면 좌수검이 가당키나 한가?"

"……"

"게다가 그 아이는 이미 철산마도의 무공을 제대로 발휘했더군. 녹림의 고수를 박살 냄으로써 말이야."

도진의 눈동자가 급격하게 흔들렸다.

풍월의 이야기를 통해 그가 녹림과 마찰이 있었고, 녹림의 총순찰을 쓰러뜨렸다는 것을 전해 들은 도진은 아무런 말을 할 수가 없었다. 당연히 화산파의 검법으로 쓰러뜨렸다고 여겼지, 설마하니 철산마도의 무공으로 물리쳤을 줄은 상상도 하지 못했으니까.

"만약 그 아이가 검선 사숙의 무공이 아니라 철산마도의 무공을 이어받았다면 어찌 되는 것입니까?"

도진이 긴장된 얼굴로 물었다. 목소리가 절로 떨렸다.

"아직 결정을 내리지 못했다네. 사제도 알다시피 단순하지가 않아."

도선이 한숨을 내쉬며 말했다.

그 한숨에서 도진은 자신이 오기 전에 이미 극단적인 말까지 나왔음을 직감할 수 있었다.

"걱정하지 말게나. 설사 우리들의 추측이 맞다고 하더라도 사제가 생각하는 최악의 상황은 벌어지지 않을 걸세."

도진을 향해 안쓰러운 눈빛을 보낸 도인이 뭐라 반발을 하려는 사제들을 둘러보며 더없이 엄한 눈빛으로 입을 열었다.

"설사 그 아이가 철산마도의 후예라 한들 검선 사숙의 손자라는 것은 변함이 없네. 그리고 검선 사숙이 화산을 위해 남긴 보물을 이곳에 가져온 공도 있을 것이고."

"하지만……."

도은이 뭐라 반박을 하려 했으나 도인의 말을 제지하지는 못했다.

"싫다는 그 아이를 본문의 제자로 삼은 것은 우리들이네. 아, 자네들은 반대를 했다는 눈빛이로군. 그렇지. 그 또한 맞는 말이야. 하면 그 책임을 지고 내가 팔 하나를 내줌세. 그러면 되겠나?"

도인의 말에 다들 대경실색한 얼굴이었다.

"무, 무슨 말씀을 그리하십니까?"

"그런 뜻이 아닙니다, 사형."

"오해입니다. 하니 말씀을 거둬주시지요."

도인이 한 번 내뱉은 말은 반드시 지킨다는 것을 알고 있기에 다들 어쩔 줄을 몰라 하며 그를 말리고 나섰다.

정심전을 술렁이게 만들었던 소란은 도선의 손짓에 잦아들었다.

"수많은 이들이 화산에 모였네. 우선은 검회를 무사히 마치는 것에 집중해야 할 터. 이 얘기는 일단 덮어두는 것으로 하지. 자칫 쓸데없는 분란으로 검회의 분위기가 망쳐질 수도 있음이야."

도선의 말에 불만 섞인 표정을 지었지만 무엇보다 검회의 성공적인 마무리가 중요하다는 것을 인정하기에 다들 무언의 동의를 했다.

"막내 사제도 지금의 일을 언급하지 말게. 그 아이에게도. 이건 장문인으로서의 명이자 당부라네."

"알겠… 습니다."

장문인의 명은 그야말로 절대적인 것. 도진은 무거운 얼굴로 고개를 끄덕일 수밖에 없었다.

*　　　　*　　　　*

"와아!"

화산이 떠나가라 울리는 함성과 더불어 또 한 명의 승자가 탄생했다. 꽤나 박진감이 넘치는 대결이었기에 승자와 패자 모두에게 아낌없는 박수와 환호를 보냈다.

비무대회가 시작된 지 벌써 사흘째.

다들 지칠 만도 하건만 시간이 갈수록 열기는 뜨거워져만 갔고 비무대회에 이름을 올린 인원이 줄어들수록 긴장감은 극에 달했다.

"이제 사형 차렙니다, 사숙."

운공이 코를 후비고 있던 풍월의 옆구리를 툭툭 치며 말했다. 다른 제자들이 봤다면 기함할 일이었지만 풍월은 전혀 개의치 않았다. 오히려 지난 며칠 동안 희미하게 남아 있던 어떤 벽이 확실하게 무너졌다는 것에 더 기꺼워했다.

"차례면 뭘 하냐? 못 이겨."

풍월이 긴장된 표정으로 비무대에 오르는 운파의 모습을 보며 시큰둥하게 말했다.

"그래도 모르는 거잖아요. 운 좋게 부전승으로 올라와 체력도 비축했고……."

말을 하던 운공은 비무대에 오르는 상대를 보곤 조용히 입을 다물었다.

'하필 운현 사형이라니! 그러고 보니 운현 사형이 없었네.'

현재까지 비무대회에서 살아남은 사람이 정확히 세 명이다. 그 자리에 운현은 없었다. 이제 마지막 남은 한 자리를 결정하는 순간이었으니, 참가자 중 누구보다 강하다고 알려진 운현이 등장하는 것은 어쩌면 당연한 수순이었다.

"상대가 운현 사형이니 요행을 바라는 것도 무리네요. 나름 잘 싸웠는데 여기까진가 봅니다."

운공이 애써 자위하며 웃었다.

"애당초 여기까지 올라올 수준은 아니었잖아. 세 번째 대결에서도 솔직히 상대했던 친구가 부상만 아니었다면 이기기 힘들었을걸."

"아, 생각해 보면 또 그러네요. 설마하니 운산 사형이 질 줄은 상상도 못 했어요."

운공은 그 어떤 대결보다 치열했던 운산과 용천표국의 표두 이굉의 대결을 떠올리며 고개를 끄덕였다.

순수 실력으론 분명 운산이 위였음에도 이굉은 불리한 여건 속에서도 표사 생활을 통해 터득한 실전 경험을 토대로 극적인 승리를 일궈냈다.

운산 사형의 패배가 확실해졌을 때 대결을 지켜보던 존장들의 비명과도 같은 침음이 지금도 귀에 생생했다. 물론 이굉역시 운산과의 대결에서 입은 부상으로 결국 운공에게 패배를 하고 말았지만.

"길어야 일각. 운현이란 친구가 제대로 실력 발휘를 한다면 반각도 버티기 힘들 것 같은데. 흠, 작심을 했군."

풍월이 막 대결이 시작된 비무대를 보며 혀를 찼다.

운공은 두 주먹을 꽉 쥔 채 창백한 낯빛으로 비무대를 바라보았다.

운파의 선공으로 시작한 비무는 촌각도 되지 않아 운현에게 승부의 추가 완전히 기울었다.

"아!"

운공의 입에서 안타까운 신음이 흘러나왔다.

지금까지와는 차원이 다를 정도로 날카롭고 강맹한 운현의 공격을 보며 운현이 전력을 다해 운파를 상대하기 시작했음을 느낄 수 있었다.

"이… 길 수는 없겠지요?"

운공이 비무대에 시선을 고정시킨 채 물었다.

"목숨을 내놓고 싸우는 실전이라면 모를까 단순히 비무라면 절대 없어. 아니다. 실전이라도 힘들 수도 있겠는데. 다른 놈들과는 달리 실전 경험도 제법 있어 보여."

"아, 맞아요. 저희 항렬 중에서 가장 경험이 많을 겁니다. 운현 사형을 유난히 아낀 도은 사백조께서 하산하실 때마다 데리고 다니셨으니까요."

실낱같은 희망마저 사라진 것인지 탄식하는 운공의 얼굴은 체념의 빛이 역력했다.

"너무 실망하지 마라. 애당초 비교 대상이 아니었다니까. 봐봐. 사형이나 사숙도 같은 생각이지."

풍월이 손을 들어 나란히 앉아 운파의 비무를 지켜보고 있는 도진과 청연을 가리켰다.

안색이 살짝 어둡기는 했으나 실망을 하거나 초조해하는 낯빛이 아니었다. 그저 변변한 대항도 하지 못하고 힘겹게 몰리고 있는 제자에 대한 안타까움이 묻어나올 뿐이었다.

바로 그때, 무덤덤한 얼굴로 비무대를 바라보던 풍월의 안색이 변했다.

운현의 공격을 감당하지 못한 운파의 검이 주인의 손을 떠나 허공으로 치솟았기 때문은 아니다.

비틀거리며 물러나는 운파의 손에서 피가 뚝뚝 떨어졌기 때문도 아니다.

가만히 있어도 승리가 확실했던 운현이 자신의 검을 버리며 운파를 향해 손짓을 하는 것이 아닌가. 입가에 살짝 스치고 지나가는 차가운 웃음을 풍월은 놓치지 않았다.

비무대를 에워싼 관객들의 입에서 엄청난 환호성이 터져 나왔다. 비무가 끝났다고 판단했던 그들은 상대를 배려하며 끝까지 정정당당하게 대결을 펼치려는 운현의 모습에 아낌없는 박수를 보냈다.

하지만 그것이 아니라는 것을 눈치챈 사람은 꽤나 많았다.

운현이 검을 버리는 순간 벌떡 일어난 청연도 그중 한 사람이었다.

"저놈이!"

운파에게 접근하는 운현을 보며 청연은 금방이라도 뛰쳐나갈 것 같은 태세였다. 그런 청연을 도진이 잡아 세웠다.

"진정하고 앉아."

"하지만 사부님."

"어서."

도진이 청연의 팔을 잡아 억지로 자리에 앉혔다.

"놈이 검을 버린 것은 운파를 배려해서가 아닙니다. 분명……."

청연은 차마 말을 잇지 못했다.

"안다. 하지만 비무는 아직 끝나지 않았어. 게다가 우리만 있는 것도 아니다. 비무대회를 망칠 셈이냐?"

청연을 달래는 도진의 시선이 비무대회를 관장하는 숭무관주 도장에게 향했다. 당연히 끝낼 비무를 어째서 계속 진행시키느냐는 듯한 항의의 눈빛에 도장은 슬쩍 시선을 외면해 버렸다.

'이 못난 사제의 행동이 아무리 마음에 들지 않는다고 하더라도 이건 아닙니다. 이래서는 안 되는 것입니다, 사형.'

도진은 자신의 눈을 피하는 도장을 보곤 이를 꽉 깨물곤 주변을 둘러보았다.

그 누구도 자신에게 호의적인 사람이 없었다. 불편한 기색으로 비무대를 바라보는 사람도 몇 있기는 했지만 그뿐이었다. 누구 하나 나서서 운현의 행동을 지적하거나 비무를 중지시킬 생각은 없는 듯했다.

화산파에서 지금의 상황을 막을 사람은 장문인과 세심관

주 도인, 단 두 사람뿐이다.

장문인은 뒤늦게 도착한 해남파 손님을 접견하느라 자리를 비웠고, 애당초 비무대회에 큰 관심이 없던 도인은 첫날에 잠시 자리를 지켰을 뿐 참관 자체를 하지 않았다.

운파가 당해야 할 굴욕과 고통을 뻔히 알면서도 아무것도 할 수 없는 자신의 무기력함에 비참함을 느낀 도진은 참담한 심정으로 고개를 떨구고 말았다.

청연과 도진의 걱정은 곧 현실로 드러났다.

운파가 자세를 바로잡을 수 있도록 아량을 베푼 운현이 본격적으로 공격을 시작했다.

느긋하게 발걸음을 움직이며 운파를 압박해 간 운현은 난화수와 산화무영수를 번갈아 사용하며 운파를 공격했다.

공세가 펼쳐질 때마다 운파의 주변엔 헤아릴 수 없는 수영(手影)이 허공을 수놓았다.

운파 역시 난화수와 산화무영수를 익혔기에 대응엔 거침이 없었다.

다만 운현이 펼치는 난화수와 산화무영수의 화후가 팔성에 이른 반면, 운파의 화후는 이제 겨우 육성에 이른지라 완숙도나 위력 면에서 하늘과 땅만큼이나 차이가 났다.

막아도 막은 게 아니었다. 방어를 교묘하게 피해낸 운현의 공격 대부분이 운파의 몸을 제대로 두드렸다.

운파는 온몸으로 운현의 공격을 받아내며 힘겨워했지만 쓰러지진 않았다.

운현의 화려하고 날카로운 공격과 이를 버텨내는 운파의 끈기와 인내심을 보며 사람들은 뜨거운 환호성을 보냈다. 하지만 알 만한 사람은 다 알고 있었다. 운파가 버티는 것이 아니라 운현이 끝낼 생각이 없다는 것을.

"사, 사형……."

운공이 안타까운 신음을 내뱉으며 어쩔 줄을 몰라 했다.

"그만 버티고 이제 그냥 쓰러지라고!"

답답함에 소리도 쳐봤지만 운파는 비틀거리면서도 용케도 쓰러지지 않았다.

형식적으로 움직이는 손, 두 눈은 이미 초점을 잃은 상태였다.

비무대 밑에서 두 사람의 비무를 지켜보는 자들은 투혼이라 떠들어댔지만 운파는 지금 정신이 육체를 지배하는 상황까지 몰려 있었다.

"난화수, 산화무영수에 이어서 이젠 낙화장까지? 아주 가지고 놀겠다는 거네."

섬뜩한 음성에 흠칫 놀란 운공이 고개를 돌렸다.

비무대에 시선을 고정시킨 채 차갑게 웃던 풍월이 발걸음을 내디뎠다.

틈이 없을 정도로 많은 이들이 밀착이 된 상태였지만 이상하게도 그가 걸음을 내딛을 때마다 길이 열렸다. 마치 등 뒤에 눈이라도 달린 듯 관객들이 알아서 길을 비켜준 것이었다.

쿵!

둔탁한 울림과 함께 그토록 끈질기게 버텨내던 운파의 몸이 무너졌다.

"크으으으."

비무대 끝에 겨우 몸을 걸치고 있던 운파가 일어나려고 안간힘을 쓸 때 그의 이마를 툭 치는 손길이 있었다. 풍월이었다.

"그 정도 했으면 됐다. 그 망신을 당하고서도 더 하려고?"

친근한 음성에 오만상을 찌푸리던 운파의 입가에 희미한 웃음이 맴돌았다.

"이 정… 도까지 왔… 는데 그래… 도 망신은……."

"망신 맞아. 별 시답지 않은 놈한테 이게 뭐냐? 개망신이지. 네 사부 표정 보니 살기는 틀렸다."

사부라는 말에 운파의 입가에 머물던 미소가 순식간에 사라졌다.

"그러니까 꼴사나운 모습 그만 보이고 포기해."

풍월이 퉁명스레 말했다.

잠시 고민하던 운파가 힘겹게 몸을 일으키더니 걱정스러운 표정을 짓고 있는 운현을 향해 허리를 숙였다.

"제가 졌습니다, 사형."

"그래, 고생했다."

운현이 미안함을 감추지 못하고 고개를 끄덕였다. 순간, 두 사람의 대결을 지켜보던 관객들이 일제히 함성을 내질렀다.

함성에 놀란 것인지 운파의 몸이 비틀거렸다. 깜짝 놀란 운현이 얼른 그를 부축하며 말했다.

"괜찮으냐? 내가 너무 심하게 손을 쓴 모양이다."

"아닙니다, 사형. 제가 주제도 모르고……."

운파가 멋쩍은 미소를 지으며 뒤통수를 긁었다.

"아니다. 비무에 취한 나머지 손속이 너무 과했어. 적당히 조절을 했어야 했는데 미안하다."

큰 소리로 외친 것은 아니나 가까이에 있던 이들은 모두 들을 수 있을 정도의 크기였다. 관객들은 운현의 배려심에 다시금 큰 박수를 쳐줬다.

"어이, 운현 사질."

어느새 비무대 위로 뛰어오른 풍월이 운현을 불렀다.

관객들은 갑자기 비무대에 난입한 풍월을 의아한 눈빛으로 바라보았다. 멀리서 이를 지켜보던 화산파의 존장들의 얼굴에 당황한 빛이 역력했다.

풍월의 등장에 운현의 짙은 눈썹이 꿈틀댔다.

화산파 제자들의 대다수가 풍월의 존재를 알지 못하지만 그는 이미 알고 있었다.

'사… 숙이라는 건가?'

　운현은 같잖다는 눈길로 풍월을 바라보았다.

　"아주 만신창이가 될 정도로 두들겨 놓고 손속이 과해?"

　"사제가 포기하지 않고 덤벼서 어쩔 수 없었… 습니다."

　주변의 눈길을 의식한 운현이 최대한 정중히, 하지만 눈빛 가득 비웃음을 담아 말했다.

　"역겨우니까 그 가면은 좀 벗지 그래? 이 녀석이 제 풀에 넘어지지 않았으면 비무는 계속 이어졌을걸. 네가 이 멍청한 놈의 옆구리를 후려쳐서 중심을 잡도록 도와줬을 테니까. 그러고는 다시 두들겼겠지. 아주 병신을 만들 셈으로."

　"억측하지 마시지요. 아무리 사… 숙이라도 함부로……."

　풍월이 운파를 잡아끌며 나직이 말했다.

　"한마디만 더 지껄여 봐. 아예 모가지를 비틀어 버릴 테니까."

　눈빛에 담긴 섬뜩한 살기에 전신의 솜털이 바짝 곤두섰지만 운현은 내색하지 않고 고개를 숙여 조용히 답했다.

　"당신이? 그게 가능할까?"

　"재미있네. 아주 재미있어. 그렇지?"

　풍월이 환한 웃음을 지으며 두 사람 사이에 기겁한 표정으로 끼어 있는 운파를 바라보았다.

운파는 그 웃음에서 말로 표현하지 못할 공포를 느꼈다.

자신을 향한 것이 아니었으나 몸이 제멋대로 반응했다. 손끝이 덜덜 떨리고 절로 침이 말랐다.

억지로 침을 삼키는 찰나, 자신을 부축하고 있던 풍월의 손이 사라지는 듯한 느낌과 함께 다리에 힘이 풀렸다.

운파의 몸이 힘없이 주저앉을 때 또 다른 누군가가 그의 팔을 잡으며 외쳤다.

"사제."

청연이었다. 비무대 맞은편에 앉아 있던 청연이 어느새 곁으로 다가와 운파를 부축하고 운현을 향해 다가가는 풍월의 팔을 잡아챈 것이다.

"그만하자."

자신보다 훨씬 분노가 컸을 텐데도 난처하기 짝이 없는 표정으로 팔을 잡고 있는 청연을 보자 괜스레 미안한 마음이 들었다.

"알았으니까 팔 좀 놔줘요. 저려 죽겠습니다."

"어? 어, 그래."

청연이 겸연쩍은 얼굴로 고개를 끄덕였지만 팔을 잡았던 손을 풀지는 않았다.

피식 웃은 풍월이 가만히 그의 손을 풀었다.

그때, 도장이 노기충천한 얼굴로 걸어왔다.

"이게 무슨 소란이더냐?"

"죄송합니다, 사백."

청연이 얼른 고개를 숙였다. 도장은 그의 얼굴을 아예 외면하곤 풍월을 향해 물었다.

"네 아무리 예법을 모른다 하더라도 갑작스러운 난입이라니. 비무대회가 장난이더냐?"

"장난처럼 보이셨습니까?"

풍월이 무심한 눈길로 물었다.

"사제!"

청연이 기겁하여 풍월을 불렀지만 풍월의 태도엔 별다른 변화가 없었다.

"좀 묻고 싶었습니다. 어째서 이런 장난을 쳤는지를요."

풍월이 턱짓으로 운현을 가리켰다.

예의라고는 눈을 씻고 찾아봐도 보이지 않는 건방진 태도에 화가 머리끝까지 치솟았지만 주변의 수많은 관객들이 주시하고 있기에 도장은 필사적으로 화를 다스렸다.

"장난이라······."

풍월이 도장의 말을 잘랐다.

"운파가 검을 놓친 순간 끝난 싸움이었습니다. 애당초 상대가 되지 않았지요. 솔직히 여기까지 올라온 것도 운이 아니었으면 어림도 없었으니까요. 그건 여기 모인 거의 모든 분들이 알고 있을 겁니다."

풍월의 말에 곳곳에서 웃음소리와 함께 호응이 있었다.

"한데 어째서 지켜만 보신 겁니까?"

"무슨 소리를 하려는 것이냐?"

도장이 당황하여 물었다.

"비무대회를 주관하는 심판관이시잖습니까? 당사자가 패배를 인정하지 않더라도 무리한 대결로 인해 큰 부상을 당하지 않도록 중재를 하는 심판관. 예선에서 몇 번이나 나서신 것을 보았습니다. 한데 이번엔 어째서 그냥 지켜만 보셨는지 영 이상해서 말이지요. 운파의 몸이 만신창이가 될 때까지."

"네 말대로 운파의 실력이 부족한 것은 틀림없다. 많은 이들도 그걸 알고 있을 터. 하나, 자신의 부족함을 알면서도 운파는 포기를 하지 않았다. 동문들을 비롯한 많은 관객분들의 응원에 엄청난 투혼을 보여준 것이지. 그런데 어찌 함부로 나설 수 있단 말이냐? 게다가 단순히 예선이 아니라 사 강을 가리는 자리였다. 덧붙여 네가 운파를 걱정하는 마음은 잘 알겠지만 생각보다 위험하지는 않았다. 만약 그랬다면 진즉에 대결을 끝내도록 만들었겠지."

도장의 변명에 풍월의 입꼬리가 슬며시 올라갔다. 어차피 자신에 대한 변명이 아니라 약간은 의심스러운 얼굴로 도장을 바라보는 관객들에 대한 변명이었다.

변명은 분명 설득력이 있었다. 자신은 갑자기 비무대에 난입한 일개 무명소졸이고 상대는 화산파의 숭무관주이자 비무대회의 심판관이었으니까.

"그렇다면 그런 것이겠지요. 제가 판단이 미숙하여 어러 존장들의 마음을 헤아리지 못하고 날뛰었습니다. 이해해 주시지요."

자신의 실수를 인정하며 풍월이 정중히 고개를 숙이자 이를 바라보는 도장의 눈동자에 한기가 일어났다.

사과라 하나 그 안에 담긴 비꼼을 눈치채지 못할 그가 아니었다. 당장 물고를 내고 싶었지만 보는 눈을 의식하지 않을 수 없었다.

"그 역시 운파를 걱정하는 마음에서 나온 것. 실수를 인정했으니 되었다. 어서 자리로 돌아가거라."

도장은 존장으로서의 풍모를 마음껏 드러내며 거드름을 피웠다.

"감사합니다. 아, 그리고……."

풍월이 한 걸음 물러나 여유롭게 서 있는 운현을 힐끗 바라보았다.

[아까 했던 말. 확실히 기억했다.]

갑작스러운 전음에 흠칫 놀란 운현이 조용히 웃으며 입을 움직였다.

　그의 대답을 아무도 들을 수 없었지만, 풍월은 입 모양을
보곤 그 내용을 알 수 있었다.

　'얼마든지.'

제19장

수검식(受劍式)

이변은 없었다.

모두의 예상대로 첫 비무부터 압도적인 실력을 보여왔던 운현이 결국 비무대회의 우승자가 되었다.

도선은 우승자인 운현을 비롯하여 사 강에 든 나머지 세 명의 제자들에게 치하의 말과 보검을 상으로 내렸다. 결승에서 맞붙은 운현과 운굉은 화산파의 자랑이자 무력을 상징하는 십이매화검수에 임명됐다.

새로운 매화검수의 탄생을 지켜본 이들의 아낌없는 환호성과 응원의 함성으로 화산이 뒤흔들렸다.

두 명의 매화검수를 탄생시키면서 화산검회의 백미라는 비무대회가 성공적으로 마무리되었다.

하지만 완전히 끝난 것은 아니다. 그것을 알기에 비무대를 에워싸고 있는 관객들은 여전히 기대에 찬 모습으로 비무대를 응시하고 있었다.

도장이 그들의 기대를 충족시키기 위해 앞으로 나섰다.

"지금부터 수검식(受劍式)을 거행한다."

도장의 선언에 또 한 번의 환호성이 화산을 흔들었다.

수검식.

말 그대로 전대 매화검수가 자신의 지위를 후배에게 넘기는 의식이다.

환호성이 잦아들 즈음 두 명의 중년인이 비무대에 올랐다. 이십 년 가까이 매화검수로 활약하다 이번에 운현과 운굉에게 자리를 물려주고 물러나게 되는 청은과 청휴였다.

청은이 비무대 중앙으로 이동하자 운굉이 그의 앞으로 이동해 정중히 예를 차렸다.

흐뭇한 얼굴로 운굉을 바라보던 청은이 덕담을 건넸다.

"고생했다. 쉽지 않은 자리지만 너라면 잘해낼 수 있을 게다."

"감사합니다, 사숙."

"자, 그럼 이 사숙의 검을 건네받을 준비가 되었는지 다시 한번 확인을 해볼까?"

청은이 빙그레 웃으며 손짓했다.

운굉은 바싹 긴장된 얼굴로 검을 바로 하는 것으로 대신했다.

두 사람 사이엔 극복하기 힘든 실력의 격차가 있었다. 또한 단순한 비무가 아니라 가르침을 주는 자리였기에 낮에 있었던 비무와는 달리 치열하지 않았다. 하지만 그 자체로도 충분히 재미와 흥미로움을 안겨주었다.

비무는 그리 오래가지 않았다.

운굉이 최선을 다해 공격을 퍼부었지만 화산파에서 가장 위험한 자리에 있으면서도 지금껏 건재했던 청휴의 검은 극복하기 힘든 벽이나 다름없었다.

"졌습니다."

운굉이 자신의 목을 지그시 누르고 있는 검날의 싸늘한 감촉을 느끼며 힘없이 검을 내렸다.

"잘했다. 하나 아직까지는 부족한 면이 많구나. 부단한 노력을 통해 매화검수란 이름이 부끄럽지 않도록 하여라."

청은은 그가 매화검수가 되었을 때 선대에게 들었던 말을 똑같이 전하며 웃었다.

"예, 사숙."

운굉은 다시금 머리를 조아리며 예를 차렸다.

큰 박수와 환호성 속에 두 사람이 물러나자 사람들의 시선은 청휴와 운현에게 쏠렸다.

결승에 오른 운굉마저 압도하는 실력으로 우승을 거머쥔 운현이 과연 얼마만큼의 실력을 보여줄지 궁금해하는 표정이 역력했다.

일방적으로 가르침을 당한 운굉과는 분명히 다를 것이란 기대감이 하늘을 찔렀다.

바로 그때, 청휴와 묘한 눈빛을 주고받던 운현이 화산파의 존장들이 앉아 있는 곳을 향해 몸을 돌렸다.

"제자 운현, 청이 있습니다."

"청? 무슨 청이 있다는 것이냐?"

도장이 기다렸다는 듯 되물었다. 운현의 돌발 행동에 몇몇 존장들이 눈살을 찌푸렸지만 비무대회를 주관하는 것은 도장이었기에 애써 입을 다물었다.

"따로 가르침을 받고 싶은 분이 있습니다."

"흠, 조금 곤란한 말이구나. 지금 이 자리는 수검식을 하는 자리다."

도장의 말이 끝나기가 무섭게 운현과 마주하고 있던 청휴가 입을 열었다.

"하하하! 아주 맹랑한 녀석이 우승을 했습니다, 사부. 저를 상대로는 성이 안 차는 모양입니다."

청휴의 너스레에 사방에서 웃음이 터졌다.

"하지만 비무대회의 우승자가 아닙니까? 가르침을 원하는 상대가 있으면 그 정도는 용인해 줘도 무방하다 봅니다. 설마하니 사부님께 덤비겠습니까?"

자신도 모르게 인상을 쓰는 도장의 모습에 또 한 번의 웃음이 터졌다.

분위기가 묘하게 흐른다고 판단한 도예가 벌떡 일어났다.

"그건 안 된다. 수검식이 무엇이냐? 화산을 대표하는 매화검수의 탄생을 축하하고 격려하며 그 자리를 넘겨주기 위해 마련한 의식이다. 단순히 가르침을 받고 베푸는 자리가 아니야."

"사형의 말씀이 옳다. 운현이 자신의 실력을 시험해 보고 싶은 마음은 알겠으나, 청휴만으로 충분할 것이다."

장로 도종이 카랑카랑한 음성으로 외쳤다.

"쯧쯧, 그렇게 고지식해서야. 자라나는 새싹은 그리 밟는 것이 아니거늘."

갑작스레 들려온 음성에 모두의 시선이 쏠렸다.

두 꼬마 도사의 시중을 받으며 비무대를 향해 천천히 걸어오는 노도사의 등장에 다들 난리가 났다.

"소, 송엽진인이다!"

"이야! 우화등선하셨다는 소문이 있더니만 살아 계셨네."

"저 신선 같은 풍모는 여전하시네. 과연 화산일선이란 별호가 부족하지 않으신 분이야."

송엽진인을 알아본 이들이 저마다 찬탄 섞인 함성을 쏟아냈다.

화산의 존장들 역시 송엽진인을 맞이하기 위해 부산을 떨었다.

"어서 오십시오, 사숙."

도선이 상석을 양보하며 반겼다.

"검회가 아주 성공적이라 들었네. 고생했네, 장문 사질."

"그것이 제가 한 일이겠습니까? 다들 애를 써준 덕에 무사히 치를 수가 있었습니다."

"장문 사질이 중심을 제대로 잡아줘서 그런 것이지. 그것이 얼마나 중요한 것인지 잘 알지 않나? 그것이 안 돼서 본문이 어떤 고생을 했는지……."

송엽진인이 혀를 차며 말을 아꼈다.

"과찬이십니다."

"그나저나 운현이 다른 상대를 원한다고 하는 것 같은데 맞는가?"

"예, 청휴만으론 성이 차지 않는 것 같습니다. 하지만 그럴 일은 없을 것입니다."

도선이 웃으며 말했다.

"내 가끔 녀석을 지켜보며 느끼는 것이지만 호승심이 남달라. 제 사부와 사조도 호승심이 제법 강했지만 녀석은 또 다르다네."

"사숙께서 가르침을 주신 것입니까?"

도선이 조금 굳은 얼굴로 물었다.

"늘그막에 지켜보는 재미가 있었다네. 화평연도 생각해야 하고. 또다시 망신을 당할 수는 없으니."

화평연이란 얘기에 주변에 있던 모든 이들의 안색이 어두워졌다.

"혹, 운현의 요청을 받아들이기를 원하시는 건지요?"

도선이 조심스레 물었다.

"그래주겠는가?"

"아무래도 불가하지 싶습니다. 수검식의 의미를 생각한다면……."

도선이 송엽진인의 눈치를 보며 말끝을 흐렸다.

그가 비록 장문인으로서 화산을 이끌고는 있으나 화산의 가장 큰 어른이자 일선에서 물러났음에도 화산 전반에 걸쳐 여전히 막강한 영향력을 지니고 있는 송엽진인 앞에선 아무래도 말을 조심할 수밖에 없었다.

"구태의연한 것들에서 벗어나고자 하지 않았나? 이번 비무대회가 그런 변화를 주기 위함으로 알고 있는데."

"……."

송엽진인이 도선과 주변인들을 둘러보며 말했다.

"수검식 또한 과거와 다소 변한다고 해도 큰 문제는 없다고 보네. 더구나 천하를 호령했던 검선 사제의 후손이 아닌가. 비슷한 또래에 그만한 실력자가 존재하는데 호승심 강한 저 아이에게 그냥 참으라는 것은 솔직히 무리야. 화평연을 앞두고 좋은 자극제가 될 수 있다고 보네."

느닷없이 등장한 검선이란 단어에 도선을 비롯해 몇몇 인사의 얼굴이 딱딱하게 굳었다.

송엽진인이 거론하는 사람이 누군지 눈치챈 도진과 청연의 안색이 파리하게 질렸다.

운현은 아직 누구와 상대를 하고 싶다고 얘기하지 않았다. 그럼에도 송엽진인이 풍월을 거론한다는 것은 이미 사전에 교감이 있었다는 것을 의미했다.

'처음부터 이걸 노린 것인가?'

도선이 지그시 입술을 깨물었다.

비로소 눈치챌 수 있었다.

운현이 느닷없이 상대를 바꾸고 싶다 말하고 지금껏 모습을 드러내지 않았던 송엽진인이 결정적인 순간에 등장한 모든 상황이 처음부터 계획된 것임을.

"사숙께서 어떤 생각으로 그리 말씀하시는지는 알겠습니다만, 그 아이와 대결을 하는 것은 아무래도 무리라고 봅니다.
아무리 변화를 준다고 해도 본산의 제자도 아니고 속가의 제
자와 수검식를 치르게 할 수는 없습니다."

도선이 완곡하게 거절의 의사를 보냈다.

"장문 사질의 심중도 충분히 이해는 하네. 하지만 기왕 이
리 되었으니 당사자의 얘기도 들어보는 것이 어떤가?"

"사숙!"

도선이 굳은 얼굴로 언성을 높였다.

장문인으로서 무시를 당하고 있음에도 최대한 인내를 하고
있었으나, 더 이상은 용납하기 힘들 지경이었다.

[아무리 장문 사질이라도 함부로 할 수 없는 것이 있네. 철
산마도의 후인을 본문에 들이다니 그게 가당키나 한 소린
가?]

"그, 그건······."

싸늘히 날아든 전음에 도선은 당황한 기색이 역력했다.

[사제 얘기는 꺼내지 말게. 그가 화산에 기여한 것과 이 문
제는 분명 별개의 문제야. 다만 저 녀석이 본문에 들 수 있을
만한 자격을 지녔음을 증명한다면 용인할 수도 있을 터.]

[자격이라시면 무엇을 말씀하시는 겁니까?]

[마도의 후예가 아니라 검선의 후예라는 것을 증명하면 되
겠지.]

'말도 안 되는⋯⋯.'

도선이 황망한 표정을 지을 때 송엽진인이 빠르게 입을 열었다.

"그럼 허락한 것으로 알겠네."

송엽진인은 도선의 대답을 기다리지도 않고 고개를 돌렸다.

숨죽이고 상황을 지켜보던 모든 이들의 시선이 송엽진인을 따라 움직였다.

송엽진인의 시선 끝에 풍월이 있었다.

"네가 검선 사제의 손자라고 했더냐? 이리 오너라."

송엽진인이 팔짱을 끼고 돌아가는 상황을 흥미롭게 지켜보던 풍월을 불렀다.

속삭이는 듯 말했음에도 바로 곁에서 말을 하는 것처럼 똑똑히 전달되었다. 거리가 이십여 장은 족히 된다는 것을 감안했을 때 엄청난 공력이 아닐 수 없었다.

"사, 사숙."

운공이 어쩔 줄 몰라 하는 표정으로 풍월을 불렀다.

"뭘 놀래? 초대를 받았으면 응하면 그만이지."

피식 웃은 풍월이 송엽진인을 향해 일직선으로 나아갔다.

사람들은 그가 지나갈 때마다 호기심과 경외심이 혼재된 눈빛으로 바라보며 수군거렸다.

"바, 방금 검선이라고 하셨지?"

"맞아. 나도 들었어."

"검선이라면 화산검선을 말하는 걸까?"

"당연한 거 아냐? 당금 천하에 검선이라 불릴 수 있는 사람이 누가 있다고."

"세상에! 검선의 손자라니!"

"아까 나설 때부터 뭔가 범상치 않았다고."

"맞아. 검선께서 손자로 거둘 정도니 그리 당당한 것이겠지."

풍월은 자신에게 쏟아지는 온갖 관심에도 아랑곳없이 태연하게 걸음을 옮겼다. 가볍게 도약하여 비무대에 오른 풍월이 마침내 송엽진인과 마주했다.

"으음."

송엽진인의 입에서 나직한 신음이 흘러나왔다.

전신에서 은연중 피어오르는 기세가 장난이 아니었다. 멀리 떨어져 있을 때부터 어렴풋이 느끼긴 했지만 막상 눈앞에서 확인을 하게 되자 숨이 턱 막힐 지경이었다.

'철산마도의 무공을 제대로 익혔다는 말이 거짓이 아니로구나.'

그는 자신도 모르게 운현을 돌아보았다.

풍월의 기세를 알아채지 못한 것인지 태연한 모습이었다. 그것만 보아도 운현과 풍월의 실력 차가 하늘과 땅만큼이나 벌어져 있다는 것을 느낄 수 있었다.

그래도 이미 벌어진 일이다. 장문인의 권위까지 흔들어가며 일으킨 사단이니 다시 주워 담을 수도 없었다.

'철산마도의 진전을 이었다면 실력 차는 당연한 것이다. 하지만 녀석은 철산마도의 무공을 쓰지 못하지.'

기대할 수 있는 것은 풍월이 좌수검을 익혔다는 것. 이는 곧 화산의 무공을 올바르게 수련하지 않았다는 것을 의미했다. 설사 익혔다고 해도 제대로 된 것일 수가 없었다.

송엽진인이 내심을 숨긴 채 인자하게 물었다.

"네가 사제의 손자더냐?"

"예, 풍월이라 합니다."

풍월이 공손히 예를 차렸다.

"그렇잖아도 네 소식을 듣고 한번 만나보려 했는데 이렇게 보게 되는구나."

"진즉에 찾아뵈었어야 했는데 죄송합니다."

"괜찮다. 조만간 자리를 한번 만들자꾸나. 사제에 대해서 궁금한 것이 많아."

"알겠습니다."

"그나저나 저 아이가 네게 가르침을 받고 싶은 모양인데, 어찌 생각하느냐?"

송엽진인이 은근한 어조로 물었다. 혹여나 거절할까 염려하여 몇 마디 말을 덧붙였다.

"사제가 너를 어찌 키웠는지 무척이나 보고 싶기도 하고."

풍월은 아무런 대꾸 없이 송엽진인을 물끄러미 바라보았다.

입가에 핀 웃음이 점점 진해질 때 다급한 전음이 날아들었다.

[절대로 받아들이면 안 된다. 함정이야. 사백은 네가 철산마도의 무공을 익혔다는 것을 안다.]

도진의 전음을 들은 풍월의 시선이 절로 운현에게 향했다.

누가 봐도 심하다 할 정도로 운파를 압박한 것이나 갑자기 자신을 도발한 이유, 거기에 송엽진인의 적절한 등장까지. 그 모든 것이 하나의 얼개로 엮여 있다는 것을 깨달았다.

[제가 화산에 발을 들이는 것이 그렇게 못마땅하십니까?]

풍월이 단도직입적으로 물었다.

갑작스러운 전음에 움찔한 송엽진인이 태연함을 가장한 채 말했다.

[네가 아니라 철산마도의 후예를 받아들일 수 없다는 것이다.]

[그렇군요. 한데 제가 철산마도의 무공을 익혔다고 어찌 확신하십니까?]

[변명을 하고 싶은 것이냐? 하나 그러기엔 너무 늦었다. 당가에서 확실한 증언이 나왔으니까. 녹림도를 상대로 꽤나 활

약을 했다지?」

송엽진인의 말에선 은근한 비꼼마저 느껴졌다.

풍월의 시선이 자신도 모르게 귀빈석에 앉아 있는 당가의 식솔들에게 향했다.

무심한 눈길이었지만 그 안에 담긴 실망감을 확인한 당하곤이 자신도 모르게 흠칫했다. 뭔가 불길한 느낌이 전신을 휘감았다.

하지만 어째서 그런 느낌이 든 것인지 의문을 가질 사이도 없이 상황이 급박하게 돌아갔다.

"원하신다면 보여 드리지요."

차갑게 웃은 풍월이 창백한 얼굴로 비틀거리는 도진을 향해 걸어갔다.

"검 좀 빌려줘요."

풍월이 청연에게 손을 내밀었다.

도진을 부축하고 있던 청연이 뭔가 할 말이 많은 표정으로 그를 응시하다 한숨과 함께 검을 건넸다.

"괜찮… 겠어?"

"뭐가요? 제가 좌수검을 익혀서요?"

"그게……."

청연이 말끝을 흐렸다.

"너무 걱정하지 마세요. 두 분께서 걱정하시는 일 따위는 없을 테니까. 할아버지의 명예는 제가 지킵니다."

담담히 웃은 풍월이 빙글 몸을 돌렸다.

송엽진인은 어느새 뒤로 몸을 뺀 상태였고 비무대에 남은 것은 오롯이 풍월과 운현 두 사람뿐이었다.

화산검선의 후인과 비무대회 우승자와의 대결이 성사되자 주변은 말 그대로 후끈 달아올랐다.

"가르침, 감사히 받지요."

운현이 방금 전 도선에게 받은 보검을 곧추세웠다.

"가르침? 가르침 따위를 줄 생각은 없는데."

차갑게 웃은 풍월이 자세를 잡았다. 동시에 폭풍과도 같은 기세가 전신에서 뻗어 나왔다.

그것이 매화검법의 기수식임을 운현은 물론이고 화산파의 모든 제자들이 알아보았다.

다만 그들이 익힌 것과는 정반대의 자세인지라 뭔가가 굉장히 어색했다.

"제대로 반응해 봐. 잘못하면 뒈지는 수가 있으니까."

나직이 읊조린 풍월이 검을 움직였다.

단 한 수였다.

매화검법의 시작을 알리는 첫 번째 초식 매화비류(梅花飛流)를 맞이한 순간, 운현은 자신이 어떤 실수를 저지른 것인지 깨달을 수 있었다.

어릴 적부터 익혀온 무공이다. 어떤 식으로 펼쳐질지, 또 어느 만큼의 위력을 보일지 눈을 감고도 알 수 있었다.

그런데도 반응을 할 수가 없었다.

눈으로 보고 온몸의 감각이 반응을 하고 있음에도 손가락 하나 까딱할 수가 없었다.

섬뜩한 아픔이 목덜미에서 느껴졌다.

원래라면 당연히 목을 베고 지나갈 검이 마지막에서 방향을 바꾼 것이다.

"정신 차리지 않으면 뒈진다고 했을 텐데."

그것이 시작이었다.

풍월은 모두에게 보여주기라도 하듯 이십사수매화검법의 절초를 모조리 풀어냈다.

그들이 알고 있는 매화검법과는 분명 달랐다. 그저 검의 위치가 바뀌었을 뿐인데도 화산파의 무공이 아니라 사파의 무공이라 착각할 수 있을 만큼 초식 하나하나가 거칠고 날카로웠으며 매섭고 사나웠다.

풍월이 매화검법의 마지막 초식 매화만천(梅花滿天)을 펼치고 검을 거뒀을 때 운현은 반쯤은 넋이 나간 상태였다.

조금은 안심을 했다. 승패야 어찌 되었든 악몽처럼 여겨졌던 상황이 끝나리라 생각한 것이다.

하나 안타깝게도 풍월은 그가 생각하는 것만큼 착한 위인이 결코 아니었다.

운파가 운현에게 당한 것을 잊지 않고 있던 풍월은 매화검법에 이어 현천만류검과 낙영팔검(落英八劍)까지 시연을 보인 다음에야 비로소 검을 멈췄다.

내력을 담은 것이 아니라 해도 어쨌거나 풍월이 펼쳐낸 공격을 고스란히 감내해야 했던 운현은 말 그대로 만신창이가 되어 서 있는 것조차 힘이 들어 보였다.

집법전 부전주 청우가 더 이상 제자가 망가지는 꼴을 보지 못하겠다는 듯 비무대 위로 뛰어올랐다. 모양새야 어찌 되었든 풍월이 자신을 향해 검을 겨눈다면 곧바로 반격을 할 생각까지 품고 있었다.

청우뿐만이 아니라 도은까지 비무대에 오르고 있었다.

청우와 도은의 눈에서 피어나는 살기가 마치 불구대천의 원수를 보는 듯했다.

비단 그들뿐만이 아니었다.

화산파의 존장들을 비롯해 거의 모든 제자들이 적의를 가지고 풍월을 노려보고 있었다.

운파가 운현에게 당할 때와는 너무도 상반된 반응에 풍월의 입에선 쓴웃음이 절로 나왔다.

풍월의 시선이 도진과 청연에게 향했다.

'아쉽지만 여기까진 것 같습니다.'

풍월이 손에 든 검을 버렸다.

운현이 아직 패배를 인정하지 않았음에도 비무가 끝났다고 여긴 관객들이 큰 환호성과 함께 아낌없는 박수를 보냈다.

환호성이 잦아들 즈음 관객들 사이에서 주인 모를 칼이 풍월의 손으로 빨려들어 갔다.

그것이 어떤 의미인지 알고 있는 사람은 많지 않았다.

자리를 박차고 벌떡 일어나는 도선과 화산파의 존장들, 당가의 식솔들은 물론이고 풍월의 눈빛에서 혹시나 하는 생각을 하고 있던 도진과 청연 등은 달랐다.

"안 돼!"

도진이 안타깝게 외쳤지만 이미 늦었다.

검을 버리고 칼을 잡는 순간 풍월을 멈출 수 있는 사람은 아무도 없었다.

"네놈! 무슨 짓을 하려는 게냐?"

도은이 청우의 곁으로 다가오며 싸늘히 소리쳤다.

"원하는 대로 해줄 뿐입니다."

무심히 대꾸한 풍월이 지금껏 운용하고 있던 자하심공의 기운을 거둬들이고 조용히 숨죽이고 있던 묵천심공의 힘을 개방했다.

눈 깜짝할 사이에 단전을 장악하고 기경팔맥, 전신의 세맥까지 영역을 넓힌 묵천심공의 힘이 밖으로 발산되자 풍월의 주변으로 거대한 회오리가 몰아쳤다.

드드드드.

비무대가 뒤흔들렸다.

풍월이 걸음을 내딛을 때마다 바닥에 쩍쩍 금이 갔다.

모두가 무시무시한 기세를 뿜어내는 풍월과 이를 악물고 버티는 도은과 청우를 보며 경악을 금치 못하고 있을 때, 풍월이 가볍게 몸을 띄우며 도은과 청우를 향해 칼을 던졌다.

우레 소리를 내며 맹렬히 날아간 칼은 검을 빼 든 도은, 청우와 직접 부딪치지 않고 그들의 삼 장 앞 비무대 바닥에 내리꽂혔다.

순간, 엄청난 충돌음과 함께 충격파가 비무대를 후려쳤다.

풍뢰도법의 정수라 일컬어지는 후삼초 중 하나인 풍뢰포공을 응용한 공격이었다. 비록 전력을 다한 것은 아니나 후삼초의 위력은 대단했다.

칼이 꽂힌 비무대의 바닥이 순식간에 분쇄되어 사라지고 충격파를 따라 한 뼘 두께의 나무판자들이 거칠게 뜯겨 나가며 박살이 났다.

바닥을 탄탄히 받치고 있던 통나무들까지 모조리 부러지거나 아무렇게나 흩어져 구르기 시작했다.

충격파를 온몸으로 막아낸 도은의 꼴은 말이 아니었다.

풍월이 칼을 던진 순간 호신강기를 펼치고 전력으로 대항을 했으나 무려 오 장여나 밀려난 뒤에야 겨우 몸을 바로 할 수 있었다.

머리에 쓰고 있던 건은 흔적도 없이 사라져 머리카락은 엉망으로 흩어졌고, 목판으로 이뤄진 바닥이 부서지며 만들어낸 조각들이 그의 전신을 두드리는 바람에 단정했던 청삼 또한 넝마가 되어버렸다.

그나마 전력으로 호신강기를 펼쳤기에 큰 부상을 당하지 않은 것이지, 만약 조금이라도 방심을 하여 반응이 늦었다면 하나하나가 강력한 암기로 변해 버린 목판 조각에 치명타를 당할 수도 있었다.

도은에 비해 공력이 약한 청우는 부러진 검을 간신히 붙잡고 연신 피를 토해냈다.

도은이 충격파 대부분을 감당했음에도 그런 결과가 나온 것을 믿지 못하는 표정이었다. 한참 뒤에 쓰러져 있는 운현은 아예 정신을 잃은 듯했다.

그 넓던 비무대의 삼분지 이가 그야말로 박살이 나버렸고 주변은 아수라장이 되었지만 아무도 입을 열지 못했다.

단 일초식이었다.

그것도 딱히 목표를 정했다기보다는 그냥 보여주기 식이

었다.

그럼에도 그 한 번의 공격에 화산파의 장로와 매화검수 중 한 명이 무장해제가 되었다. 만약 작심하고 손을 썼다면 과연 어찌 되었을지 상상만으로도 끔찍했다.

무엇보다 중요한 것은 풍월이 마지막에 보여주었던 무공은 결코 화산의 무공이 아니라는 것.

그리고 그 무공이 철산마도의 무공임을 알아챈 사람이 꽤 나 많다는 것이었다.

풍월은 관객들의 동요가 조금씩 커지는 것을 느끼며 걸음 을 옮겼다.

"떠날 준비를 해야겠습니다."

세상을 잃은 듯한 표정을 하고 있는 도진에게 엷은 미소를 보인 풍월이 몸을 돌렸다.

"네 이놈! 감히 이런 짓을 하고서 어디를 간단 말이냐?"

송엽진인이 풍월의 앞을 막아섰다.

서슬 퍼런 노기가 하늘을 찔렀지만 그런 것에 압박을 받을 풍월이 아니었다.

"이런 걸 원하신 거 아닙니까?"

풍월이 비릿한 웃음을 지으며 되물었다.

"뭐, 뭐라? 네, 네놈이 감히 어디서……."

송엽진인은 배꼽까지 내려온 수염을 부들부들 떨며 노여워

했으나 수많은 이들의 이목이 집중된 상황인지라 딱히 어떤 행동을 취하지 못한 채 도선을 향해 역정을 냈다.

"상황을 보고만 있을 것인가, 장문 사질?"

"하면 제가 어찌해야 합니까, 사숙?"

표정이나 말투가 냉랭하기 짝이 없었다.

많은 이들의 반대에도 불구하고 속가제자로 삼은 것은 분명 무리라 할 수 있었다.

철산마도의 존재도 마음에 걸리긴 했다. 직접적으로 묻거나 언급이 되지는 않았으나 아예 관계가 없다는 것 자체가 말이 되지 않았으니까.

그럼에도 풍월을 품은 것은 화산검선이 편지에 따로 글귀를 남기면서까지 인연의 끈을 놓치지 말라고 당부했기 때문이 아니던가.

한데 그 모든 노력이 물거품이 되었다.

수많은 이들이 보는 앞에서 사달이 났으니 다시 돌이킬 방법도 없었다.

조금 더 강력하게 송엽진인과 사제들을 단속했으면 어땠을까 하는 후회가 들었다. 번잡한 것이 싫다며 비무대회 내내 세심관만 지키고 있는 도인의 부재가 이렇게 아쉬울 수가 없었다.

'사제를 이 자리에 참석시켰어야 했는데…….'

후회는 아무리 빨라도 늦는 법이다.

도선은 그저 참담한 표정으로 사라져 가는 풍월의 뒷모습을 바라볼 뿐이었다.

제20장

매혼루(賣魂樓)

"제길, 너무 늦었네."

사내는 서산마루에 걸친 해를 보며 욕설을 내뱉었다.

연락을 받고 최대한 서둘렀음에도 결국 늦고 말았다. 아마
도 지금쯤이면 모든 비무대회가 끝났을 터였다.

"진작에 연락을 해주던가. 하루, 아니, 반나절만 빨리 연락
이 왔어도 충분히 볼 수 있었잖아."

사내는 신경질적으로 품을 뒤졌다. 그리고 그에게 지급(至急:매
우 급함)으로 떨어진 명령서를 다시 살폈다.

一. 물건 확보

二. 차도살인(借刀殺人)

三. 대상자와 일체의 접촉을 금한다.

"물건 확보도 좋고 차도살인도 좋은데 대상자와 접촉을 금하라니 이건 또 뭔 개소리야? 대상자가 물건을 지니고 있으면 어쩌라는 건데?"

명령서를 와락 구긴 사내가 잠시 늦췄던 발걸음을 빨리했다.

마음에 들지 않는다고 해도 어차피 위에서 떨어진 명령이다. 더구나 장소가 다른 곳도 아닌 화산이 아닌가. 완벽하게 임무를 완성하려면 최소한의 준비는 필요한 법. 특히나 무리한 강행군으로 인해 지금은 휴식이 간절했다.

＊　　　　＊　　　　＊

"어찌 생각하느냐?"

초무량이 물었다.

"대단… 했습니다. 그런데 그게 가능한 것일까요?"

초연이 풍뢰도법을 펼쳐 비무대를 초토화시키던 풍월의 모습을 떠올리다 물었다.

"뭐가 말이냐?"

"검선과 마도의 무공. 상극이잖아요. 한데 어찌 인간의 몸으로 두 사람의 무공을 동시에 익힌 것일까요?"

"글쎄다. 솔직히 이 할애비도 잘 모르겠다. 과거에도 이와 비슷한 경우가 아예 없지는 않았지만 엄밀히 따져 양쪽의 무공을 적당히 절충한 수준이었지. 하지만 그는 짝을 찾기 힘들 정도로 뛰어난 상승의 무공을 완벽하게 익힌 것 같았다. 사용하는 데 전혀 무리도 없어 보였고."

초무량은 당시의 충격을 되새김하며 혀를 내둘렀다.

정사마, 천하의 뭇 영웅들을 만나봤지만 풍월과 같은 충격을 준 사람은 단언컨대 한 명도 없었다. 비단 초무량만 느낀 감정은 아니었다. 풍월이 검선과 마도의 무공을 모두 익혔다는 것을 확인한 모든 이들이 공통적으로 느낀 것이었다.

"새로운 내공심법을 익힌 것 아닐까요? 정공과 마공을 한꺼번에 품을 수 있는."

"아니다. 검선의 무공을 사용할 땐 자하신공을 운용하고 있었다. 그리고 풍뢰도법을 펼쳤을 땐 전혀 다른 성질의 내공심법을 운용하고 있었지."

그 내공심법을 떠올리고자 잠시 미간을 찌푸리던 초무량이 이내 말을 이었다.

"기억이 틀리지 않는다면 묵천심공일 게다. 아니다. 틀림없다. 묵천심공이다."

"묵천… 심공."

조용히 되뇌이는 초연의 눈동자가 뜨겁게 타올랐다.

그녀의 눈동자에 이글거리는 호승심을 눈치챈 초무량이 너털웃음을 지었다.

"겨뤄보고 싶은 것이냐?"

초연이 고개를 홱 돌리며 물었다.

"해봐도 될까요?"

"아니, 지금은 안 된다. 못 이겨."

"어째서요?"

초무량은 발끈하는 초연의 머리를 쓰다듬으며 말했다.

"실력 차는 없을지 모른다. 솔직히 순수 무공만을 따진다면 네가 저 아이에게 부족할 것이 전혀 없다. 오히려 그 반대라고 할 수 있지. 하지만 승부라는 것은 단순히 무공 실력에 좌우되는 것이 아니다."

"경험… 이군요."

"그래, 언뜻 봐도 꽤나 담금질이 되어 있어. 검선과 마도의 성향상 곱게 키우지는 않았을 터. 모르긴 몰라도 매일같이 실전을 겪었을 게다. 그런 면에서 이 할애비는 많이 부족하구나."

초무량이 미안한 표정을 지으며 초연을 바라보았다. 나름 강하게 훈련시킨다고 생각했는데 비슷한 또래의 풍월을 보니 그런 생각이 쏙 들어갔다.

"그거야 할아버지가 저를 아껴서 그런 것이지요. 하지만 전 믿어요. 할아버지가 저를 그 사람보다 더욱 강하게 만들어주실 거란 것을요."

초연이 초무량의 손을 꼭 잡았다.

"괜찮겠느냐? 지금보다 많이 힘들 게다."

"걱정하지 마세요. 견딜 수 있어요."

환하게 웃는 초연, 냉막하기만 했던 그녀의 얼굴에 환한 꽃이 피었다.

＊　　　　＊　　　　＊

"왜 그러나?"

당황이 어두운 표정으로 한참이나 생각에 잠긴 당하곤의 모습을 의아해하며 물었다.

"아무래도 우리 때문에 문제가 생긴 것 같습니다."

당하곤의 입에서 안타까운 탄식이 흘러나왔다.

"우리 때문이라니?"

당황이 물었다.

"일전에 지객전에서 말입니다. 호아가 풍 소협에 대해 언급을 하지 않았습니까?"

"그가 철산마도의 무공을 익혔다고 말한 것 말인가?"

"예, 그때 지객전주가 꽤나 당황하지 않았습니까? 이후 그의 행적에 대해 꼬치꼬치 캐묻는 것도 그렇고, 지금 와 생각해 보니 화산파에선 그때까지도 풍 소협이 철산마도의 진전을 이었다는 것을 제대로 알지 못했던 것 같습니다."

"흠, 그 추측이 맞다면 우리가 그의 정체를 발설한 셈이로군."

"그것이 아니라면 아까 풍 소협이 우리를 보던 눈빛이 설명이 되지 않습니다."

"쓸데없이 오해를 사게 되었군."

"예, 그 정도로 우리를 적대시하지는 않겠지만 그래도 조금은 걱정입니다. 좋은 관계를 유지할 수 있었을 텐데요."

"그러게. 확실히 안타까운 일이야."

당황과 당하곤은 풍월과의 관계가 소원하게 된 것을 무척이나 아쉬워했다. 하지만 정작 사고를 친 당호는 두 사람과는 생각이 다른 듯했다.

"그를 너무 높게 평가하는 것은 아닌지 모르겠습니다."

"그게 무슨 소리냐?"

그렇잖아도 당호의 신중하지 못한 발언으로 인해 풍월과의 관계가 어그러졌다고 여기던 당하곤이 못마땅한 얼굴로 물었다.

"숙부님 말씀대로 좋은 관계를 유지하면 좋겠지만 설사 그렇지 않다고 해도 그렇게 걱정해야 할 일인지는 잘 모르겠습니다. 사실 없는 얘기를 지어낸 것도 아니잖습니까?"

"없는 얘기를 지어낸 것은 아니나 그로 인해 풍 소협과 화산파의 관계가 틀어졌다면 그들에게 손해를 끼친 셈이다. 무엇보다 너는 화산검선과 철산마도의 후인이 어떤 의미를 지닌 것인지 너무 쉽게 생각하는 것 같구나."

"숙부께선 그가 화산검선이나 철산마도처럼 성장하리라 보시는 겁니까? 아비가 호랑이라고 새끼까지 호랑이라는 법은 없습니다."

너무도 어처구니없는 반문에 당하곤이 말을 잇지 못할 때 조용히 듣고 있던 당령이 한심하단 얼굴로 말했다.

"오라버닌 대체 뭘 본 거야? 새끼 호랑이? 그는 이미 호랑이가 되었어. 좌수검으로 펼친 화산파의 무공도 그렇지만 마지막에 보여준 무공. 그거 철산마도의 풍뢰도법 맞지요, 숙부?"

당하곤이 당령의 물음에 크게 고개를 끄덕였다.

"맞다. 풍뢰도법."

"그거 감당할 수 있어?"

"그, 그건······."

"본가에서도 제대로 막아낼 수 있는 사람이 별로 생각이 나지 않아. 솔직히 아까 그 무공을 봤을 때 온몸에 소름이 돋았어. 내가 공격을 받았다면 어찌 대처를 할 수 있을까? 아무리 생각해 봐도 감당할 방법이 없더라고. 그런 사람하고 관계가 틀어진 거야. 지금 당장에라도 무림인명록에 이름을 올릴 것이라 예상되는 것은 물론이고, 어쩌면 장차 십대고수의 반열에 오를 수도 있는. 오라버니의 신중하지 못한 발언 때문에."

숨 쉴 틈조차 주지 않고 몰아치는 당령의 말에 당호는 얼굴이 벌게진 채 아무런 대꾸도 할 수가 없었다. 그저 조금 뛰어난 무공을 지닌 애송이라 소리치고 싶었지만 실망감 가득한 표정으로 지켜보는 당황과 당하곤의 눈빛에 숨이 막혔기 때문이었다.

'네놈 때문에……'

고개를 숙인 당호는 이 모든 상황의 원흉이라 할 수 있는 풍월의 건방진 모습을 떠올리며 이를 부득 갈았다. 율이 말대로 정말 재수 없는 놈이었다.

*   *   *

연화봉으로 돌아온 풍월은 곧바로 짐을 챙겨 하산을 시작했다.

하룻밤만이라도 더 머물고 가라며 잡는 도진과 청연의 손을 뿌리친 것이 못내 마음에 걸렸지만 제대로 사고를 친 이상 화산에 오래 머물면 머물수록 그들에게 좋지 않을 것이라 판단했기에 길을 서둘렀다.

발걸음이 가벼웠다. 비록 끝이 좋지는 않았어도 크게 걱정이 되거나 마음이 쓰이지 않았다. 도진과 청연, 운파와 운공 등과의 인연이 이렇게 끝날 것이란 생각은 전혀 하지 않았기 때문이다.

산문까지 따라온 운파, 운공과 헤어져 회음현으로 돌아왔을 땐 이미 자정을 넘기고 있었다.

화산검회가 끝났음에도 회음현은 여전히 불야성을 이루고 있었다. 주루와 객점은 물론이고 엉덩이를 붙일 자리가 있는 거의 모든 장소에서 술판이 벌어졌다.

술판에서 오고 가는 대화의 전부가 비무대회와 수검식에서 벌어진 사건들이었다. 단연 화제가 된 사람은 화산검선의 무공은 물론이고, 철산마도의 풍뢰도법까지 자유자재로 사용하며 비무대를 날려 버린 풍월이었다.

풍월은 자신의 행동이 사람들의 안줏거리가 된 것에 쓴웃음을 지으며 숙소를 찾았다. 혹여 사람들이 자신을 알아볼까 봐 운공이 준비해 둔 모자를 푹 눌러쓰고 그것도 부족해 고개까지 살짝 떨군 채 움직였다.

다행히 알아보는 사람은 없었지만 마땅한 숙소를 구할 수가 없었다. 화산검회가 끝나고 중요 손님들을 제외하곤 거의 모든 이들이 산을 내려오는 바람에 잠자리 자체가 씨가 말라 버린 것이다.

헤매고 돌아다녀 봤자 의미가 없다고 판단한 풍월은 노숙을 하기에 적당한 장소를 찾아 움직였다.

여행을 하면서 절반 이상 노숙을 해왔기에 크게 어렵거나 불편하다는 생각은 하지 않았다. 이미 자신과 같은 신세인 사람들이 곳곳에 모닥불을 지핀 터라 적당히 비비고 들어가면 될 것 같았다.

'하지만 그 전에 날파리는 털고 가야지.'

풍월의 눈동자가 싸늘히 식는 것과 동시에 그의 신형이 연기처럼 사라졌다.

십 장 뒤에서 풍월을 은밀히 따르던 그림자가 당황하는 순간 사라졌던 풍월이 모습을 드러냈다.

"뭔데, 당신?"

풍월이 사내를 벽에 밀치며 목을 틀어잡았다.

"컥!"

미처 반응할 틈도 없이 숨통을 잡힌 사내는 외마디 비명과 함께 사지를 쭉 늘어뜨렸다.

"뭐냐고?"

제대로 대답하지 못하고 켁켁거리는 모습을 잠시 보던 풍월이 옥췬 숨통을 살짝 풀어주며 물었다.

"아까부터 뒤만 졸졸 따라다니던데, 이유가 뭐야?"

여차하며 그대로 숨통을 끊어버리겠다는 듯 차갑게 노려보는 눈빛에 사내는 자신이 할 수 있는 최대한의 속도로 말을 토해냈다.

"저, 저는 은혼이라 합니다. 명을 받아 풍 공자님을 모셔가려고 왔습니다."

"누구한테 명을 받았는데? 소속이 어디야?"

풍월이 숨통을 조금 더 풀어주며 다시 물었다.

은혼은 잘 돌아가지도 않는 고개를 억지로 돌려 주변을 살피더니 최대한 낮은 목소리로 말했다.

"패천마궁 묵영단 소속의 은혼이라고 합니다. 묵영단주이시자 군사이신 분의 명을 받고 풍 공자님을 찾아뵙습니다."

"패천마궁?"

풍월은 패천마궁이란 소리에 꽤나 놀란 표정을 지었다.

"패천마궁에서 왜 나를?"

"그것까지는 잘 모르겠습니다. 전 다만 명령을 받고 따를 뿐입니다."

"흠."

풍월은 은혼의 숨통을 완전히 풀어준 뒤 잠시 생각에 잠겼다.

'패천마궁이라니 느닷없네. 내가 할아버지의 무공을 익혔다는 것을 알고 찾아온 건가?'

깊게 생각할 필요는 없었다. 궁금증을 해소해 줄 사람이 눈앞에 있었으니까.

"날 언제부터 찾은 겁니까?"

풍월의 물음에 목덜미를 쓰다듬던 은혼이 살짝 머뭇거리다 대답했다. 어차피 감출 이유가 없었다.

"명이 떨어진 건 꽤 오래되었습니다. 족히 석 달은 더 된 것 같습니다."

"왜 찾는지는 모릅니까?"

"정확히는 알지 못합니다만, 아마도 공자께서 익히신 무공 때문이 아닌가 생각됩니다."

풍월이 입을 다물고 있자 은혼이 조심스레 말을 덧붙였다.

"묵영단의 조사에 의하면 공자께서 철산마도님의 후인이시라 알고 있습니다. 아닌지요?"

"맞습니다."

풍월이 가볍게 고개를 끄덕였다. 어차피 알고 온 상대한테 굳이 정체를 감춘다는 것은 무의미한 일이었다.

풍월이 순순히 인정을 하자 은혼이 환한 표정을 지으며 말했다.

"제가 모시겠습니다. 패천마궁으로 가시지요."

"내가 왜요?"

"예?"

은혼이 두 눈을 동그랗게 떴다.

"그러니까 내가 왜 패천마궁에 가야 하느냔 말입니다."

"방금 철산마도님의 후인이시라고……."

"그건 맞는데, 그렇다고 내가 패천마궁에 갈 이유는 없습니다."

"그, 그건……."

"설마 할아버지의 무공을 익혔다고 패천마궁에 종사해야 한다는 겁니까?"

"……."

어색한 얼굴로 침묵하는 은혼을 보며 풍월이 어이없다는 듯 웃음을 터뜨렸다.

"와! 진짜 그렇게 생각하는 모양이네. 됐다고 그래요. 조만간 그쪽으로 가기는 하겠지만, 그 이유는 철산도문 때문입니다. 패천마궁이 아니라. 이쪽이나 저쪽이나 왜 그렇게 멋대로 판단하려는지 모르겠단 말이야."

풍월은 검선과 마도의 무공을 익혔다는 이유만으로 자신을 아무렇게 휘두르려고 하는 자들의 행태를 생각하며 한숨을 내쉬었다.

어찌 반응을 해야 할지 갈피를 잡지 못하고 있던 은혼은 철산도문이라는 말에 눈빛을 번뜩였다. 잠시 잊고 있던 것이 떠올랐다.

"군사께서 말씀하시길 공자께서 패천마궁에 오시지 않는다면 철산도문이 사라질지도 모른다고 하셨습니다."

순간 풍월의 전신에서 살벌한 기운이 들이쳤다.

"협박하는 겁니까?"

"아, 아닙니다. 협박이라니요!"

당황함을 감추지 못한 은혼이 오히려 언성을 높였다가 자신의 실수를 알고 얼른 고개를 숙였다.

"죄, 죄송합니다."

"그게 협박이 아니면 뭐랍니까? 내가 안 가면 철산도문을 지워 버리겠다고 하는 말 아닙니까?"

"그게 아닙니다."

은혼이 다시금 목소리를 높였다.

"철산도문은 이미 회복하기 힘들 정도로 처참하게 망가졌습니다. 군사께서 말씀하신 요지는 공자께서 그들에게 도움을 주지 않으신다면 완벽하게 몰락할 것이라는 뜻이었습니다."

"철산도문이라면 패천마궁에서도 꽤나 비중 있는 곳이라 들었습니다. 한데 어째서 처참하게 망가졌다는 것입니까?"

살기는 거뒀지만 풍월의 표정은 여전히 좋지 못했다.

"철산마도께서 사라지신 후, 제대로 된 후인을 키우지 못했기 때문입니다. 아울러 무공의 단절도 원인이라 알고 있습니다."

"무공이라면 풍뢰도법을 말하는 겁니까?"

"예, 철산마도께서 떠나신 후 풍뢰도법은 사실상 사장된 것이나 마찬가지입니다. 더구나 십여 년 전, 적룡무가와의 다툼에서 패하고 문주를 비롯하여 원로들이 모조리 세상을 떠나면서 그 세가 크게 위축되었습니다."

"적룡무가라면 패천마궁에 속한 세력 아닙니까?"

"맞습니다."

"한데 어째서 그런 일이 벌어진 겁니까? 문주와 원로들이 목숨을 잃었다면, 이건 말 그대로 죽기 살기로 싸웠다는 건데요."

풍월은 이해할 수 없다는 얼굴이었다.

"본 궁에선 언제나 일어날 수 있는 일입니다. 약한 곳은 당연히 도태되고 말지요. 그런 치열한 다툼이 있기에 패천마궁이 천하제일세로 군림할 수 있는 것입니다."

은혼이 자부심 가득한 얼굴로 말했다. 하지만 듣고 있는 풍월은 그럴 수가 없었다.

패천마궁의 행태는 곧 키우는 개들이 물고 뜯고 싸우는데, 이를 막을 생각은 하지 않고 오히려 조장한다는 말과 다르지 않았기 때문이다. 그런 냉정함에 화산파와는 또 다른 의미로 정나미가 떨어졌다.

패천마궁과도 엮일 일이 없다고 생각했다.

문제는 철산도문이었다.

철산도문이 곧 몰락할 것이라는 경고가 영 마음에 걸렸다.

철산도문을 위해 마지막까지 혼신의 힘을 다하던 할아버지의 모습을 떠올리자 마음이 무거워졌다. 거기에 철산도문에 꼭 전해달라는 책자까지 있지 않던가. 그런 생각 때문인지 어깨에 짊어지고 있는 짐이 오늘따라 유난히 묵직했다.

'그래, 어차피 할아버지의 부탁도 있고 전해줘야 하는 물건도 있으니까 가봐야겠다. 혼자 가는 것보다 안내를 받으면 보다 편하게 가겠지.'

마음을 굳히자 표정이 편안해졌다. 그 미세한 차이를 놓치지 않은 은혼이 내심 안도를 했다. 끝까지 풍월이 거부를 했을 땐 답이 없었기 때문이다.

"일단 편히 쉬시면서 생각하시지요. 객점에 방을 잡아 놓았습니다."

"호! 나쁘지 않은 생각이네요."

노숙을 면하게 된 풍월이 반색을 했다. 하지만 입가에 띤 미소도 잠깐이었다. 저 멀리 운파와 운공이 누군가를 찾아 미친 듯이 헤매고 있는 것을 본 것이다. 직감적으로 자신을 찾고 있음을 느낄 수 있었다. 헤어진 지 고작 두어 시진밖에 되지 않았다. 게다가 몸이 불편한 운파까지 정신없이 돌아다닐 정도면 뭔가 큰일이 벌어졌음이 틀림없었다.

"사숙!"

풍월을 발견한 운파가 고함을 외치듯 부르며 달려왔다. 운파의 음성을 들은 운공 역시 거의 동시에 풍월의 곁에 도착했다.

"무슨 일이야?"

풍월이 굳은 표정으로 물었다. 땀으로 흠뻑 젖은 몸, 붉게 충혈된 눈동자를 보면 분명 뭔가 사달이 생긴 것이 분명했다.

"사, 사부께서… 사부께서……."

운공이 눈물을 보이며 말을 잇지 못하자 운파가 입술을 꽉 깨물며 말을 이었다.

"사부께서 크게 다치셨습니다."

"다쳐? 사형이?"

"네."

"얼마나?"

풍월이 착 가라앉은 음성으로 물었다.

분위기가 심상치 않음을 느끼고 조용히 서 있던 은혼은 풍월의 한마디에 몸을 부르르 떨었다. 자신도 모르게 느껴지는 공포감에 전신에서 소름이 돋았다. 묵영단의 나름 뛰어난 요원으로서 지금껏 무수히 많은 인물들을 만나봤지만 단 한마디에 이 정도로 사람을 위축시키는 인물을 만나본 경험은 결코 많지 않았다.

'명은 군사께서 내리신 거지만 사실상 궁주님의 명령. 궁주님께서 어째서 이자를 데리고 오라고 하시는지 알겠다.'

수검식에서 난장판을 피운 것도 지켜봤고 잠깐이지만 직접 만나고 느껴본 바, 풍월에게서 거인의 향기가 느껴졌다. 지금 당장은 아닐지라도 어느 순간 무림을 좌지우지할 수 있을 정도로 크게 될 것 같은 그런 느낌이.

은혼이 혼자만의 생각에 잠겨 있는 와중에도 이미 화산을 향해 내달리고 있는 풍월과 운파의 대화는 계속 이어졌다.

"치료는 하고 계시지만 위독하신 상태입니다."

"음."

위독이란 말에 절로 침음성이 흘러나왔다.

"누가 그런 건데? 설마 비무대회의 일로……."

풍월의 억측에 운공이 펄쩍 뛰었다.

"아닙니다. 말도 안 되지요."

"그럼 어떤 놈이 그런 건데? 범인이 누구야? 그보다 왜 그런 짓을 벌인 건데?"

"아직 아무것도 확인된 것이 없습니다."

"그런데 사형이 그 지경이 되는 동안 사숙이나 니들은 뭘 하고 있었던 거야?"

풍월이 신경질적으로 물었다. 애먼 사람 잡는다는 것은 알지만 자신도 모르게 나온 말이었다.

운파가 한숨을 내쉬었다.

"사숙께서 하산하신 후, 사조께서 정심전으로 불려가셨습니다. 저희들이 사조님을 모셨고요. 그런데 돌아와 보니 놈이 이미 사부님을……."

풍월의 눈빛이 번뜩였다.

"범인을 본 거야?"

"그건 아닙니다. 인기척에 당황하여 도주할 때 뒷모습만 살짝 봤습니다. 저와 사제가 쫓아갔지만 워낙 빨라서 놓치고 말았습니다."

운파는 범인을 보고도 잡지 못했다는 것을 상기하며 이를 꽉 깨물었다. 아쉬워하는 것이 표정에 그대로 드러났다.

"사형이 감당하지 못할 정도면 보통 실력이 아니다. 자칫하면 너희들까지 당했을 거다."

풍월은 에둘러 운파를 위로했다. 그러다 문득 뭔가 이상하다는 생각이 들었다.

"사형이 당한 걸 다른 사람들도 아는 건가?"

"예, 다른 곳도 아니고 연화봉에서 일이 벌어진 것이니까요. 화산의 심장부나 다름없는 곳입니다."

"그런데 어떻게 나를 찾아온 건데? 그 정도 난장판을 만들었으면 내 이름을 꺼내는 것만으로도 난리가 났을 텐데."

"사부께서 의식을 잃으시기 직전에 사숙을 찾으셨답니다. 그걸 들으신 사조께서 사숙을 급히 찾으라 하신 거고요."

운공이 슬며시 덧붙였다.

"물론 노골적으로 싫어들 하셨지만 굳이 반대를 하지는 않으셨습니다."

"그래, 알았다. 속도를 조금 더 올리자. 아, 그 전에."

풍월이 고개를 돌려 조금 떨어진 곳에서 따라오는 은혼을 향해 말했다.

"상황이 좋지 않네요. 지금 당장 움직이지는 못할 것 같습니다."

"하지만……."

뭐라 말을 하려던 은혼은 곧 입을 다물었다. 전후 사정을 들어 상황이 어찌 돌아가는 것인지 알고 있는 바, 지금은 어떤 말을 해도 풍월을 설득하기가 불가능했기 때문이다. 차라리 좋은 인상으로 후일을 기약하는 것이 낫다는 판단이 들었다.

"마을에서 기다리고 있겠습니다."

"굳이… 마음대로 하십시오."

논쟁을 하고 싶지 않았던 풍월은 살짝 고개를 숙여 인사를 건넨 후, 화산을 향해 전력으로 달리기 시작했다. 운파와 운

공이 죽을힘을 다해 따라붙었지만 촌각도 되지 않아 놓치고
말았다.

                    *   *   *

연화봉의 정상까지 단숨에 달려온 풍월은 그를 바라보는
좋지 않은 시선 따위는 아랑곳없이 곧바로 청연이 치료를 받
고 있는 곳으로 향했다.

방문을 열자 죽은 듯 누워 있는 청연과 바로 곁에서 제자
의 손을 꼭 잡고 있는 도진의 모습이 보였다. 그리고 도진의
맞은편에서 신중한 자세로 침을 거두는 사람은 도인이었다.

"왔느냐?"

도진이 처연한 얼굴로 웃었다.

"어찌 된 겁니까? 그보다 사형은……."

도진이 쉽게 대답을 하지 못하자 인중에 박힌 침을 빼는 것
으로 청연에게 놓았던 모든 침을 거둔 도인이 고개를 돌리며
말했다.

"그런대로 고비는 넘겼다. 하지만 아직은 모르겠구나. 부상
이 워낙 심해서."

도인의 눈이 청연의 단전으로 향했다. 도인의 눈을 따라 청
연의 단전을 살피던 풍월이 주먹을 꽉 쥐었다. 시간이 꽤 되었

음에도 여전히 지혈이 되지 않는지, 붕대로 감싼 상처 부위에서 선홍빛 핏물이 배어 나오고 있었다.

"장기까지 다친 것입니까?"

풍월이 이를 꽉 깨물며 물었다.

"그래, 하지만 치명상은 아니다. 문제는 단전이 깨지면서 기경팔맥은 물론이고, 전신의 세맥까지 큰 타격을 받았다는 것이야."

도인이 안타까운 눈으로 청연을 응시하면 말했다.

"그 말씀은 사형이 서, 설마 무공을 잃었다는……."

풍월은 차마 말을 잇지 못했다.

"단순히 무공을 잃는 것으로 끝나면 다행이겠지. 지금으로선 목숨을 건질지부터 걱정해야 하니까. 목숨을 건진다 해도 자칫하면 심각한 후유증이 남을 것이고."

"후유증이라면 어떤 것을 말씀하시는 건지요?"

도진이 떨리는 음성으로 물었다. 잠시 도진을 살피던 도인이 한숨을 내쉬며 말했다.

"최악의 경우 사지를 쓸 수 없을지 모르네. 의식만 남은 채 평생 누워서 생활을 할 수도 있고."

"아!"

도진이 외마디 비명을 지르며 절망하자 도인이 얼른 말을 이었다.

"이 늙은 사형이 다른 건 못해도 의술은 조금 배우지 않았나. 최악의 상황은 어떻게든 막을 터이니 너무 걱정하진 말게. 장문 사형께 옥령신단(玉靈神丹)도 청해 놓았다네."

옥령신단이란 말에 절망에 빠졌던 도진이 고개를 번쩍 들었다.

"오, 옥령신단을 말입니까?"

"그렇다네."

"그게 가능하겠습니까?"

옥령신단이 얼마나 귀한 것인지 알기에 도진은 믿을 수 없다는 표정을 지었다.

"뭐, 어떻게든 되겠지."

너털웃음을 지은 도인이 풍월을 향해 고개를 돌렸다.

"결국 이리 되었구나."

"죄송합니다."

"되었다. 애당초 욕심이었어. 사숙 말씀대로 화산이 품기엔 네 그릇이 너무 큰 모양이다."

도인은 아쉬움 속에서도 넉넉한 미소를 보였다. 자신을 위해 누구보다 애쓴 사람이 도인이라는 것을 알기에 풍월은 정중히 고개를 숙였다.

"모두 다 제 잘못입니다. 제가 워낙 모가 난 놈이라 잠시 이성을 잃었습니다."

"흰소리하지 말 거라. 내 바보가 아니다. 상황이 어땠을지 눈에 훤하다."

도인의 핀잔에 멋쩍은 미소를 지은 풍월이 다시금 얼굴을 굳히며 물었다.

"한데 사형은 정말 괜찮은 것입니까?"

"옆에서 다 듣지 않았느냐. 위험하기는 해도 결코 폐인이 되도록 방치하지 않을 테니 너무 걱정하지 말거라. 그건 그렇고 이게 무엇인지 알겠느냐?"

도인이 하얀 천을 펼치자 어딘지 모르게 섬뜩한 느낌이 드는 비침 세 개가 모습을 드러냈다.

새끼손가락보다 조금 더 길고, 두께는 일반적으로 쓰이는 침보다 두 배 정도는 되어 보였다.

"침이군요. 혹, 사형을 공격한 놈이 쓴 것입니까?"

"아마도. 벽에 박혀 있더구나."

풍월이 비침을 확인하기 위해 손을 뻗자 도인이 버럭 소리쳤다.

"함부로 만지지 마라. 극독이 묻어 있었다."

풍월이 멈칫하자 도진이 말을 이었다.

"새에게 확인까지 했다. 비침에 맞자마자 그 자리에서 죽더구나. 청연이 저것에 맞았다면……"

도진이 살짝 몸을 떨며 청연에게 시선을 주었다.

"사제 말이 맞다. 독성을 감안했을 때 청연이 비침을 맞았다면 손쓸 틈도 없이 목숨을 잃었을 것이야. 조금 더 확인을 해봐야 알겠지만 참으로 지독한 독이다. 위험하다니까!"

경고에도 불구하고 풍월이 비침을 향해 손을 뻗자 도인이 깜짝 놀라 소리쳤다.

"괜찮습니다."

비침의 뒷부분을 조심히 잡은 풍월이 한참이나 비침을 살폈다. 그러고는 제법 시간이 지난 뒤, 조심히 비침을 내려놓았다. 그의 표정이 심상치 않음을 확인한 도진이 참지 못하고 물었다.

"아는 물건이냐?"

"예, 확실하진 않지만 비슷한, 아니, 제 기억이 맞다면 똑같은 물건을 본 적이 있습니다."

"어디서?"

도인과 도진이 동시에 물었다.

"추우객점에서요."

"추우객점?"

"예, 그곳에서 육 부인을 공격했던 살수가 같은 비침을 사용했습니다."

"살수?"

"매혼루의 살수였습니다."

매혼루라는 이름을 언급할 때 풍월의 눈에선 섬뜩한 살기가 흘러나왔다.

"아!"

"그렇다면!"

도인과 도진의 입에서 번갈아가며 탄식이 터져 나왔다.

"두 번에 걸쳐 놈들의 행사를 방해했더니만 아무래도 앙심을 품고 저를 쫓아온 것 같습니다. 그러다가 하필이면 사형이 제 대신……."

비침을 통해 청연의 부상이 자신으로 인한 것임을 인식한 풍월은 참담한 마음을 감추지 못했다.

도진이 치미는 분노를 애써 참으며 물었다.

"매혼루의 살수가 확실한 것이냐?"

풍월이 침통한 표정으로 답했다.

"이 비침은 분명 매혼루의 살수들이 썼던 것입니다. 당시 그곳에 계시던 생사의괴 어르신과 당가의 식솔들이 확인을 해주었습니다."

"당가의 식솔이라면 당하곤을 말하는 것이냐?"

도진이 다시 물었다.

"예, 결국 매혼루에서 보낸 살수가 이곳까지 쫓아왔고, 제가 없자 앙심을 품고 사형을 대신 공격한 겁니다. 그것이 아니곤 좀처럼 산문 밖을 나서지 않는 사형이 다른 곳도 아니고,

연화봉에서 공격을 당할 이유가 없습니다. 저 때문입니다. 제가 매혼루의 살수들을 끌어들였고 서둘러 떠났기에 사형이 제 대신 당한 것입니다."

풍월은 자책감을 이기지 못하고 양손으로 머리를 움켜쥐었다.

"이제야 청연이 정신을 잃기 전 어째서 너를 찾은 것인지 이해가 되는구나. 청연은 매혼루가 너를 노린 것을 알았던 것이야. 목숨이 위태로운 와중에도 네 걱정을 한 것이지. 착한 녀석."

도진이 슬픔 가득한 미소를 지으며 청연의 볼을 쓰다듬었다. 어느덧 나이가 들어 산적 두목처럼 변해 버린 얼굴이지만 그에겐 모두에게 외면당하고 두려움에 떨던 모습을 간직하고 있던 어린 제자였다.

그때, 문밖에서 소란스러운 소리가 들리더니 땀으로 멱을 감은 운파와 운공이 방 안으로 뛰어들었다.

"사부님!"

"사조님!"

도진이 그들을 향해 손짓을 했다.

운파와 운공은 슬픔 가득한 도진의 모습에서 불길함을 감추지 못하고 엉거주춤 다가왔다.

"착한 녀석들."

가만히 그들을 안는 도진의 눈동자가 붉게 물들었다.

'매혼루!'

그 모습을 지켜보는 풍월의 전신에선 금방이라도 폭발할 것 같은 분노가 활화산처럼 일렁거렸다.

* * *

一. 물건 확보 실패.

二. 차도살인지계 발동.

三. 대상자에 대한 감시 시작.

짧게 작성한 보고서를 전서구에 날려 보낸 살수 귀문이 손에 든 술병을 입으로 가져가며 고개를 돌렸다.

화산검회가 끝난 지 벌써 이틀이 지나고 있음에도 여전히 많은 사람들이 화산 인근을 배회하고 있었다. 단순히 화산검회만 보고 떠나기엔 천하 명산이라 일컬어지는 화산의 풍광이 너무도 뛰어났기 때문이다.

하지만 염화에겐 화산의 풍경 따위는 조금도 눈에 들어오지 않았다. 그가 화산을 떠나는 사람이라면 반드시 거쳐야 하는 길목의 바위에 걸터앉아 하염없이 시간을 보내고 있는 이유는 오직 하나, 감시 대상자를 기다리기 위함이었다.

서쪽 하늘이 조금씩 붉어지려 할 때 병든 닭처럼 흐리멍덩했던 귀문의 눈동자가 반짝거렸다.

'드디어 납시셨군.'

지겨운 기다림의 끝이다. 이제 확실히 마무리를 해야 했다.

슬쩍 몸을 일으킨 귀문이 풍월을 향해 걸어가기 시작했다.

불콰한 얼굴하며 비틀거리는 손에 든 술병이 영락없는 취객의 모습이었다. 단순히 연극은 아니었다. 풍월 정도의 고수라면 한 치의 실수도 용납할 수 없는 것. 지금의 모습을 연출하기 위해 하루 종일 술을 마셨기에 누가 보더라도 자연스러운 모습이었다.

풍월 또한 점점 다가오는 귀문을 보며 조금도 의심하지 않았다. 그저 자신도 주체하지 못할 정도로 술을 마신다는 것에 조금 한심해하는 표정을 지었을 뿐이다.

"어이쿠!"

외마디 비명과 함께 염화의 몸이 급격하게 앞으로 쏠렸다. 곁을 지나던 풍월이 재빨리 그를 부축했다.

"조심하세요."

"고, 고맙소. 끄억!"

귀문의 트림엔 악취가 가득했다.

풍월이 미간을 찌푸리며 재빨리 물러났다. 그러고는 뒤도 돌아보지 않고 산을 내려갔다.

귀문은 풍월이 산을 내려간 뒤에도 한참 동안이나 움직이지 않았다.

풍월의 실력을 감안했을 때 근접해서 감시를 하기는 불가능한 상황이다. 그래도 놓친다는 생각은 조금도 하지 않았다. 천리추종향(千里追從香)을 묻혀 놓은 이상 하늘로 솟구치거나 땅으로 꺼진다고 해도 최소한 백 일 동안은 걱정이 없었다.

"너만 믿는다."

귀문은 비릿한 웃음과 함께 품에서 고개를 빼쭉 내밀고 있는 붉은 눈의 쥐를 가만히 쓰다듬었다.

*   *   *

나이를 추측하기 힘든 냉막한 노인과 수하로 보이는 중년인, 이십 대 중반으로 보이는 청년이 호수라 불러도 납득할 정도로 커다란 연못의 중앙에 세워진 정자에서 조용히 대화를 나누고 있었다.

같은 주제를 가지고 대화를 하면서도 세 사람의 분위기는 사뭇 달랐다.

난간에 걸터앉아 연신 술잔을 비우는 청년, 마정은 한없이 여유로운 반면 글씨가 가득한 종이를 펼치며 뭔가를 설명하는 중년인은 무척이나 초조해하는 것 같았다. 노인의 얼굴엔 뭔지 모를 불만이 가득해 보였다.

"귀문이 곧 화산에 도착한다는 전갈이 왔다. 지금쯤이면 이미 시작을 했겠군. 한데 이렇게까지 해야 하는 것이냐?"

노인이 설명을 마친 중년인에게 손짓을 하여 물러나게 한 뒤 앞에 놓인 종이들을 한쪽으로 치우며 물었다.

"마음에 들지 않으십니까?"

마정이 술잔을 빙글빙글 돌리며 웃었다.

"어차피 정리할 놈들이었다. 놈들의 위치만 확인되면 반나절 동안 모조리 굴복시킬 수 있어."

"쯧쯧, 그런 쓸데없는 자신감 때문에 십 년을 버리지 않았습니까?"

"뭐라!"

노인이 버럭 소리를 지르며 인상을 굳혔다. 그러자 왼쪽 관자놀이에서 오른쪽 턱 밑까지 이어진 흉터가 마치 지렁이처럼 꿈틀대며 징그러움과 섬뜩한 느낌을 동시에 불러일으켰다.

주변 공기를 모조리 얼려 버릴 정도로 살벌한 기운에도 마정은 조금도 개의치 않았다.

"사실 아닌가요? 제 기억으론 정확히 십 년 전, 매혼루주의 목을 따겠다며 떠나실 때 비슷한 말을 한 것 같은데요. 그런데 결과는 어땠습니까? 루주의 목을 따기는 했지만 수뇌들은 다 놓쳤습니다. 주름진 얼굴엔 쓸데없는 것이나 만들어

오시고."

마정이 손가락으로 자신의 얼굴을 대각선으로 훑으며 말했다.

노인이 치욕감에 눈꼬리를 파르르 떨었지만 마정은 가볍게 술잔을 비우곤 말을 이어갔다.

"놈들의 본거지조차 알지 못한 채 끝임없는 분탕질을 감내해야 했습니다. 놈들의 개입으로 귀살곡과 사신각이 얼마나 많은 피해를 당했는지는 저보다 더 잘 아시잖습니까?"

"……."

"어차피 매혼루와는 함께 갈 수 없습니다. 흉터야 둘째 치고, 매혼루주의 목을 베어버렸으니까요. 풍월이란 놈 또한 마찬가지입니다. 그를 키워낸 자가 검선마도라는 것을 감안했을 때 우리의 걸림돌이 될 가능성이 있습니다. 걸림돌은 그 싹부터 제거해야 하는 것. 일만 계획대로 된다면 최소한의 피해로써 풍월과 매혼루를 함께 처리할 수 있습니다."

"놈도 매혼루의 위치를 모르기는 매한가지다."

"우리가 알도록 만들어야지요. 정확히는 몰라도 지부 몇 개는 파악하고 있으니까요. 복수심에 눈이 돌아간 이상 조그마한 정보만 제공을 해도 눈에 불을 켜고 달려들 겁니다. 설사 놈이 찾지 못한다고 하더라도 오히려 매혼루에서 나서지 않을까요? 우리의 존재를 눈치챘다면 음지로 숨어들겠지만 그자

혼자 분탕질을 치는 거라면 매혼루도 끝까지 참을 수는 없습
니다. 체면이 땅에 떨어질 테니까요. 하니 개인적인 복수심을
앞세우지 말고 뒤처리나 제대로 할 준비를 하세요."

"하지만……."

충분히 알아듣게 설명을 했다고 여겼건만 노인이 반발하려
하자 마정이 인상을 찌푸렸다.

"개천회(開天會) 총순찰이자 회주님께 전권을 받은 사자로서
의 명입니다. 따르세요."

명령이란 말에 움찔한 노인이 묵직한 숨을 내뱉고는 고개
를 끄덕였다.

"그래, 알았다."

"그렇다고 너무 의기소침하지는 말고요. 정 몸을 풀고 싶으
면 이자나 만나보십시오."

마정이 팔을 내젓자 종이 한 장이 빳빳이 펴져 노인에게 날
아왔다. 노인이 종이를 낚아채고 손에서 팽팽했던 종이가 축
늘어질 때 마정의 설명이 이어졌다.

"나이는 오십, 적힌 대로 남천이란 곳에서 조그만 무관을
하고 있는 자입니다."

"조사운?"

"당연히 가명입니다. 본명은 저도 모릅니다. 하지만 이것 하
나는 알지요."

난간에서 내려와 노인에게 다가오는 청년의 표정은 무척이나 심각했다.

"어지간한 놈을 보냈다가는 오히려 작살납니다. 최소한 사신각주나 귀살곡주는 움직여야 그자를 잡을 수 있을 겁니다."

노인은 마정의 말에서 뭔가 느껴지는 것이 있었다.

"혹, 검황의 수하냐?"

"예, 세상에 이름이 알려져 있지 않지만 다른 사람도 아니고 검황이 직접 키운 놈입니다."

"용케 찾았구나."

"전혀 예상치 못한 곳에서 얻어 걸렸습니다. 천운이라고 해두지요. 어떻게 한번 상대해 보시렵니까? 아니면 사신각주나……."

"노부가 한다. 상대가 검황이 숨겨놓은 놈이라면 네 말마따나 사신각주나 귀살곡주가 나서도 버겁다. 설사 성공한다고 해도 피해가 만만치 않을 테고."

"그런데 괜… 찮으시겠습니까?"

마정이 빈정거림이 아닌 진심으로 걱정되는 표정으로 물었다.

노인이 피식 웃으며 술잔을 들었다.

"왜? 걱정되느냐?"

"꼭 걱정이라기보다는 워낙 오랜만에 복귀를 하시는지라……."

"걱정하지 마라."

잠시 뜸을 들은 노인이 살기를 폭사시키며 말했다.

"노부가 혈우야괴다."

＊　　　　＊　　　　＊

"살려주십시오."

정확히 백 번째 듣는 말에 풍월은 질렸다는 표정으로 소리쳤다.

"마음대로 하쇼!"

"가, 감사합니다. 감사합니다, 풍 공자님."

무릎을 꿇고 있던 은혼이 벌떡 일어나며 감격한 얼굴로 연신 머리를 조아렸다.

"대신 패천마궁으로 가자는 소리는 하지 마요."

당황한 은혼이 입을 열려는 찰나 손을 든 풍월이 그의 말을 막았다.

"가더라도 당장은 아닙니다. 분명히 말했습니다."

싸늘한 눈초리에 은혼이 침을 꿀꺽 삼켰다. 깊은 눈빛에 숨겨져 있는 살기에 더 이상 고집을 피우고 애원을 해봐야 소용없다는 것을 직감적으로 느꼈다.

"알겠습니다. 하지만 분명히 약속을 하신 겁니다."

"……"

풍월은 눈을 가늘게 뜨는 것만으로 은혼의 입을 다물게 만들었다.

풀 죽은 강아지처럼 시선을 어디로 둘지 몰라 하는 은혼을 보며 헛웃음을 내뱉은 풍월이 물었다.

"그런데 내가 언제 내려올 줄 알고 기다린 겁니까?"

"언제는 중요하지 않습니다. 공자께서 화산에 계시다는 것이 중요한 것이었지요. 참고로 하산하는 모든 길에 제 수하들이 배치되어 있습니다."

은혼이 어깨를 으쓱이며 말했다.

"수하들까지 동원했습니까?"

풍월이 어이없다는 듯 되물었다.

"소속이 달라 엄밀히 말하자면 제 수하는 아닙니다. 다만 사안이 중요한 만큼 지금은 제 명을 따르고 있지요."

"똥덩이를 달고 다니기는 싫은데……"

풍월의 읊조림에 화들짝 놀란 은혼이 빠르게 입을 놀렸다.

"그들의 임무는 여기까지입니다. 이후 공자님을 모시는 건 저와 제가 직접 부리는 수하들 몇 뿐입니다."

"모시긴 뭘 모셔요. 그냥 따라오는 거지."

신경질적으로 소리친 풍월이 구름에 휩싸인 연화봉을 바라보았다.

암습을 당하고 사경을 헤맨 지 정확히 이틀 만에 정신을 차린 청연은 결국 무공을 잃었다. 다만 도인과 도진의 헌신적인 노력과 장문인으로부터 강탈하다시피 뺏어낸 옥령신단의 공능으로 최악의 상황은 면할 수 있었다.

풍월은 청연이 정신을 차린 다음 날 바로 하산을 했다. 청연의 복수를 하기 위함이기도 했지만, 비무대회에서 분탕질을 거하게 친지라 그를 바라보는 시선이 워낙 좋지 않았기 때문이었다.

떠나는 그에게 도진과 청연은 매혼루에 대해 잊으라 했지만 어림없는 소리였다.

'제대로 갚아주겠습니다, 사형.'

미안한 마음을 가득 담은 눈길로 연화봉을 바라보던 풍월이 몸을 돌려 걷기 시작했다. 은혼이 조심스러운 발걸음으로 그의 뒤를 따랐다.

"그런데……."

풍월이 은혼에게 고개를 돌렸다.

"혹시 매혼루가 어딘지 압니까?"

제21장

드러난 음모(陰謀)

"끄으억!"

길게 트림을 한 형웅이 손에 들린 오리 뼈다귀를 휙 던지며 소리쳤다.

"한 마리 더."

시중을 들던 여인들이 서둘러 회의실을 빠져나가자 지켜보고 있던 염쾌가 조심히 말했다.

"벌써 다섯 마리째입니다."

"그래서 뭐? 그만 먹으라고?"

형웅이 두 눈을 날카롭게 치켜뜨며 물었다.

"아닙… 니다."

염쾌가 조용히 입을 다물고 물러났다. 평소에도 유난히 식탐이 강한 형웅이고, 화가 나거나 일이 원하는 대로 풀리지 않을 경우 그 강도가 훨씬 더 강해진다는 것을 알기에 말릴 엄두가 나지 않았다.

염쾌가 답답한 눈빛으로 맞은편에 앉은 적희를 바라보았다.

'돌아왔다고 했잖아. 언제 오는 거야, 그놈?'

적희가 가만히 고개를 저었다. 염쾌의 답답한 시선이 다른 이들에게 향했지만 속 시원히 대답을 해주는 사람이 없었다.

염쾌가 기다리던 인물은 형웅이 일곱 마리의 오리구이와 다섯 병의 술병을 비운 뒤에야 모습을 드러냈다.

"늦었네."

형웅이 바닥을 드러낸 술병을 거칠게 내려놓으며 말했다.

"죄송합니다, 루주님."

형웅을 비롯해 모두가 기다리고 있던 추혼전주 강와가 공손히 머리를 숙였다.

"됐고. 원한 만큼의 시간을 줬으니 이제 제대로 설명을 할 수 있겠지?"

"예, 어느 정도는……."

형웅이 말을 자르고 물었다.

"누구야? 어떤 놈이 그런 짓을 벌이고 다니는 건데?"

"풍월입니다."

"풍… 월?"

형웅이 눈살을 찌푸리며 고개를 갸웃거릴 때 강와의 설명이 이어졌다.

"일전에 황산진가의 일을 망쳤던 쟁자수를 기억하십니까?"

"쟁자수? 당연히 기억하지. 그 인간 때문에 의뢰비를 몇 배로 토해내느라 손해 본 돈이 얼마인데. 아, 맞다. 그자의 이름이 풍월이었지."

이를 부득 간 형웅이 미간을 모으며 물었다.

"그자가 지부를 공격한 자라고?"

"예, 확인한 바 그렇습니다."

"어째서?"

"복수를 하려는 것 같습니다."

풍월이란 이름이 나올 때부터 심기가 불편했던 염쾌가 벌떡 일어났다.

"복수? 이게 무슨 개 풀 뜯어 먹는 소리야! 복수라면 우리가 해야지. 놈 때문에 입은 손해가 얼마인데."

"좀 닥치고!"

염쾌에게 성질을 낸 형웅이 차갑게 식은 눈빛으로 말했다.

"정확히 설명을 해봐. 벌써 몇 달이 지난 일이야. 지금까지

얌전히 있다가 갑자기 복수 운운하는 건 말이 안 되잖아. 솔직히 태상 영감 말대로 우리가 복수를 한다면 모를까 그자의 입장에서 딱히 복수 운운할 일도 없었던 것 같은데."

강와가 소름이 끼칠 정도로 무겁게 가라앉은 형웅의 눈빛을 차분히 응시하며 입을 열었다.

"정확히 두 달 전, 화산검회가 발칵 뒤집히는 사건 기억하십니까? 제가 보고를 올렸습니다."

"화산괴룡(華山怪龍)? 당연히 기억나지. 화산검선과 철산마도의 무공을 익힌 괴물이 등장했잖아. 난 지금도 이해가 안 가. 어떻게 한 인간이 그들의 무공을 동시에 익힐 수가 있었……."

형웅이 두 눈을 부릅떴다.

"서, 설마! 그놈이 그놈이야?"

"예, 풍월 그자가 화산괴룡입니다."

순간, 회의실에 팽팽한 긴장감이 휘몰아쳤다.

지난 두 달간 매화루의 지부 아홉 곳을 박살 낸 인물이 화산검선과 철산마도의 후예이자 당금 무림에 혜성처럼 등장한 화산괴룡이라면 실로 심각한 문제였다.

"계속해 봐. 그자가 어째서 우리를 향해 검을 세웠는지."

"세간에 알려지지 않았지만 화산검회가 끝나던 날 화산파에 살수로 보이는 자가 잠입했습니다. 그 살수가 화산파 도사 한 명을 공격하여 폐인을 만들었는데 화산괴룡과 아주 밀접

한 관계가 있는 듯합니다."

"그 살수가 우리 애들이다? 그래서 화산괴룡이 복수 운운 하며 우리를 찾고 있는 것이고?"

형웅이 어이없다는 얼굴로 물었다.

"현재까지 파악한 정황으론 그렇습니다."

강와의 말이 끝나기가 무섭게 사방에서 야유 섞인 신음이 흘러나왔다.

"미친! 이런 말도 안 되는 누명을 씌우다니."

"이것 참. 악연이 잠깐 있었다고 다짜고짜 우리를 의심하다니 어이가 없군."

"바보가 아닌가! 화산파에서 그런 짓을 벌일 것이라 생각하다니."

소란스러운 회의실의 분위기를 손짓으로 일소한 형웅이 여전히 침착한 태도로 서 있는 강와를 응시하며 물었다.

"영감들 말대로 바보가 아닌 이상 다짜고짜 우리를 의심하지는 않았을 테고. 뭐지? 뭐가 있기에 그들이 우리를 의심하는 거야?"

"도사가 암습을 당한 곳에서 극독이 발라진 비침이 발견되었다고 합니다. 일전에 우리와 부딪친 경험으로 그 비침이 본루의 것이라 확신을 하는 것 같습니다."

형웅이 허탈한 웃음을 흘리며 말했다.

"그러니까 결국 어떤 살수가 화산파에 침입해 화산괴룡과 관계있는 자를 병신으로 만들었다. 한데 그때 사용된 비침이 본루의 것이라 여긴 화산괴룡이 병신이 된 도사의 복수를 위해 우리를 찾고 있다. 이런 말이네."

"그렇습니다."

"돌겠네."

형응이 지끈거리는 관자놀이를 꾹꾹 누르며 한참 동안이나 인상을 찌푸리다 염쾌를 향해 고개를 홱 돌렸다.

"태상 영감."

"예, 루주님."

"혹 우리 애들이야?"

"예? 무슨 말씀이신지……."

염쾌가 인상과 어울리지 않게 두 눈을 끔뻑거렸다.

"화산파 도사를 병신으로 만들었다는 살수 말이야. 영감이 보낸 건 아니지?"

"아닙니다, 절대 아닙니다."

놀란 염쾌가 단호히 고개를 저었다.

"그렇게 정색할 건 없어. 그냥 그때 황산진가에 대한 의뢰를 포기하고 막대한 위약금을 지불한 것에 대해 약간이나마 불만을 품은 인사가 있는 것은 아닌가 하고."

형응이 가벼운 웃음과 함께 주위를 살폈다. 얼굴은 웃고 있었지만 눈빛이 어찌나 살벌한지 행여나 의심을 살까 저마다 고개를 숙였다.

"본루의 살수는 아닙니다. 제가 이미 확인했습니다."

강와의 한마디에 형응이 살벌한 눈초리를 거뒀다.

"영감들, 딱히 의심한 건 아니니까 그런 표정은 짓지 말라고. 아무튼 우리가 아니라면 그자가 어이없는 오해를 하고 있다거나 아니면……."

"누군가 수작질을 하고 있을 가능성도 있습니다."

형응이 크게 고개를 끄덕였다.

"그럴 가능성이 높다고 봐. 어째 뒷골이 싸하네, 강와."

"예, 루주님."

"그자가 우리를 찾아올 가능성은 얼마나 될까?"

"마지막으로 당한 곳과 현재 동선을 감안했을 때 늦어도 보름 이내에 찾아올 것 같습니다."

강와의 단언에 모두의 입에서 침음이 흘러나왔다.

"젠장, 뭐가 그리 쉬워? 영감, 십 년 전에 본거지가 털린 이후에 꽤나 신경을 썼다며?"

형응의 매서운 눈초리가 염쾌에게 향했다.

"그, 그것이……."

염쾌가 붉어진 낯빛으로 입을 다물었다. 뭐라 반박을 하고 싶었지만 이미 적이 코앞에 와 있는 상황인지라 어떤 말이든 변명에 불과했다.

"어찌해야 된다고 생각해?"

형웅의 물음에 강와는 잠시 생각을 정리하곤 입을 열었다.

"선택지는 두 가지뿐입니다. 오해를 풀거나 아니면 힘으로 제압하거나."

"힘으로 제압했을 때 우리의 피해는?"

"화산괴룡의 실력을 정확하게 파악하지 못해 단정할 수는 없으나 지금껏 드러난 실력만으로도 최소 사 할 이상의 피해가 예상됩니다."

강와의 말이 끝나기가 무섭게 욕설이 날아들었다.

"네놈이 미쳤구나. 말조심해라!"

"그자가 명성을 얻고 있다는 것은 인정하지만 사 할이라니!"

"강와 네 스스로 본루를 무시하자는 것이냐?"

거센 비난에도 강와의 표정은 변함이 없었다.

"그자의 곁에 길잡이 역할을 하는 자가 있습니다."

"길잡이? 누구냐?"

염쾌가 살기등등한 음성으로 물었다.

"이름을 알 수 없었지만, 그가 패천마궁의 묵영단에 속한 요원이라는 것은 확인했습니다."

패천마궁이란 말에 그토록 거세게 강와를 비난하던 이들이 일제히 입을 다물었다.

패천마궁이란 이름이 그들에게 주는 충격은 상당했다. 심지어 의자 깊숙이 몸을 누이고 있던 형웅마저 놀란 상체를 일으킬 정도였다.

"여기서 그 이름이 왜 나와? 화산괴룡이 패천마궁과 무슨 상관이… 니미럴! 상관이 있었네."

형웅이 잠시 일으켰던 몸을 다시금 의자에 파묻었다.

"철. 산. 마. 도. 젠장, 패천마궁에서 화산괴룡을 포섭하려는 거겠지?"

"예, 화산검회에서 그 난리를 피웠고, 철산마도와 연관이 있으니 화산검선의 후예라 하더라도 화산파가 품기는 어려울 겁니다. 패천마궁으로선 기회지요. 사라진 철산마도의 후예를 얻는 것이니까요."

"어쩐지 우리가 너무 쉽게 노출된다고 했어. 그놈들 짓이냐?"

염쾌가 일그러진 표정으로 물었다.

"패천마궁의 정보력은 천하에서 첫손에 꼽힌다는 개방과 버금간다는 말이 나올 정도입니다. 그들이 돕지 않았다면 이렇게 쉽게 추격되지는 않았을 겁니다."

"최소 사 할이란 말은 패천마궁이 그를 도울 경우를 가정한 게냐?"

"예, 다행히 소수의 인원만 주변에서 움직이는 것 같습니다. 하지만 그들만으로도 상당한 위협이 됩니다."

"당연하겠지. 묵영단의 요원이라면 언제 사냥개로 변해도 이상하지 않을 놈들이니까."

염쾌가 굳은 얼굴로 고개를 끄덕였다.

"결론은 나왔네."

시선이 일제히 형웅에게 향했다.

"어떻게든 오해를 풀어야 한다고 말이야."

형웅이 일그러지는 수하들의 표정을 보며 코웃음을 쳤다.

"행여나 힘으로 제압하자는 소리들은 하지 말자고. 최소 사할이라면 기둥뿌리가 통째로 흔들린다는 말이잖아."

"하지만 루주님. 한번 얕보이면……."

염쾌가 불만 어린 표정으로 말을 흐렸다.

"아니, 십 년 전의 참사 이후 이제 겨우 회복을 한 상황이야. 일단 살고 봐야지. 느낌도 영 좋지 않고. 아직 그를 만나 보진 못했지만 어째 혈우야괴 늙은이보다 훨씬 위험할 것 같단 말이지. 그렇다고 너무 걱정하지는 말라고. 강와의 표정을 보니 뭔가 방법이 있는 것 같으니까."

형웅에게 향했던 시선이 일제히 강와에게 쏠렸다. 아닌 게 아니라, 강와는 폭풍전야처럼 팽팽한 긴장감이 넘실대는 회의 실에서 그 누구보다 차분함을 유지하고 있었다. 물론 평소에도 침착하기로 유명했지만 이 정도까지는 아니었다. 형웅의 말대로 뭔가 방법이 있는 것이 틀림없었다.

"방법이 있는 것이냐?"

염쾌가 침을 꿀꺽 삼키며 물었다.

"예."

강와의 대답은 묻는 사람이 민망할 정도로 짧았다.

염쾌의 얼굴이 대번에 일그러졌지만 강와의 시선은 이미 형웅에게 향해 있었다.

"오해를 풀려면 일단 그자를 만나 봐야겠지. 그렇다고 이곳에 초대하긴 뭣하니까……."

"장소를 물색해 뒀습니다."

멈칫한 형웅이 씨익 웃으며 엄지손가락을 치켜세웠다.

"내가 이래서 추혼전주를 좋아한다니까."

*   *   *

"쥐새끼 같은 놈들. 이곳에 숨어 있었군."

자신이 은밀히 쫓던 사내가 악록산 서편의 절벽 아래 수풀 사이로 연기처럼 사라지는 것을 확인한 귀문이 주먹을 불끈 쥐었다.

고개를 들자 꽤나 높이가 있는 절벽이 한눈에 들어왔다.

높이는 대략 이십여 장.

무려 십 년 동안이나 추적을 했지만 번번이 실패를 했던 매혼루의 본거지를 다른 누구도 아닌 자신이 찾아낸 것이다.

생각할 것도 없이 전서구를 띄웠다.

힘차게 날갯짓을 하는 전서구를 보며 귀문의 입가에 함박 웃음이 걸렸다.

연이어 전서구를 띄우는 바람에 당분간 소식을 전할 방법은 없었지만 어차피 의미는 없었다. 빠르면 하루, 늦어도 이틀 정도면 모든 일이 끝날 테니까.

"흐흐흐!"

생각만으로도 기분이 좋았다. 화산괴룡을 미행하는 임무도 완벽하게 수행을 했고, 나아가 매혼루의 본거지까지 찾아냈다.

지부가 공격을 당할 때도 별다른 반응이 없었던 매혼루의 묘한 움직임을 감지하고 전령으로 의심되는 자의 뒤를 밟은 판단에 스스로 박수를 쳐주고 싶었다.

화산괴룡과 매혼루의 살수들이 부딪치는 장면을 보지 못하는 것이 조금 아쉽기는 해도 눈앞의 성과와 바꿀 정도는 아니었다.

"후~"

크게 심호흡을 했다. 확신을 가지고는 있다고 해도 자신이 발견한 것이 매혼루의 본거지가 틀림없는지 제대로 확인을 해야 했다.

잠시 흥분된 마음을 다스린 귀문이 사내가 사라진 수풀을 차분히 응시했다.

바람이 불 때마다 수풀이 흔들렸으나 수풀은 물론이고 나무들이 우거져 있어 안을 제대로 볼 수가 없었다.

전신의 감각을 극대화시켜 주변을 감시하고 있는 적이 있는지 면밀히 살피던 귀문은 한참이 지나도록 아무런 기척도 없자 수풀을 향해 은밀히 이동을 시작했다.

최대한 조심스레 수풀을 헤치며 접근하던 귀문이 갑자기 걸음을 멈췄다.

귀문의 고개가 천천히 아래로 향했다.

정강이 아래쪽에 거미줄만큼이나 가느다란 실선 하나가 걸려 있었다. 너무도 얇아 눈에 힘을 주고 바라봐야 겨우 실체를 확인할 수 있을 정도로 가느다란 실이었다.

주변에 아무런 장치도 존재하지 않는 것을 보아 함정은 아니었다. 아마도 침입자의 존재를 알리는 신호로 쓰였을 터였다.

'흡.'

등줄기가 시원해졌다. 만약 조금만 더 힘을 줬더라면 적들에게 자신의 존재가 노출됐을 것이다.

안도의 한숨을 내쉰 귀문이 조심히 발을 빼며 물러났다. 그러고는 수풀과 그 위로 솟구친 절벽을 잠시 노려보다 몸을 돌렸다.

엄청난 공을 세운 지금, 창창한 미래가 기다리는 상황에서 굳이 위험을 감수할 이유는 없었다. 만에 하나 매혼루의 본거지가 아니더라도 이만한 장소라면 그에 못지않게 중요한 곳일 테니 크게 문제될 것 같지도 않았다.

귀문이 미련을 털고 물러날 때였다.

"왜 더 기어들어 오지 그래?"

갑작스레 들려온 비아냥에 귀문의 눈동자가 크게 흔들렸다.

'노출됐다!'

머리카락이 쭈뼛했다.

음성의 주인을 향해 번개처럼 몸을 돌리는 귀문의 손엔 어느새 서너 개의 암기가 들려 있었다.

그때, 발바닥에서 시작된 극통이 전신을 강타했다.

비명은 흘러나오지 않았다.

귀문이 휘청거리는 몸의 중심을 잡고자 애쓰면서 손에 든 암기를 바닥에 뿌렸다.

흙 거죽이 솟구치며 암기를 튕겨냈다. 동시에 여인네처럼 가냘픈 손이 눈앞에 나타났다.

그것이 귀문이 본 마지막 광경이었다.

                    *   *   *

젓가락을 드는 손이 살짝 떨렸다. 태연함을 가장하고는 있
지만 끊임없이 흔들리는 눈동자가 은혼의 불안감을 대변해
주고 있었다.

그에 반해 연신 술병을 기울이는 풍월에게선 일말의 동요
도 찾아볼 수 없었다.

"그만 좀 굴립시다. 눈알 떨어지겠네."

풍월이 사방으로 움직이는 은혼의 눈동자를 바라보며 피식
웃었다.

"공자께선 이 상황에 술이 넘어가십니까?"

은혼이 최대한 목소리를 낮추며 불만을 터뜨렸다. 함께한
시간이 벌써 두어 달, 이제는 제법 편히 말을 할 수 있었다.

"못 마실 건 또 뭐랍니까? 음식이나 술에 수작질을 부린 것
도 아니고 죽자고 공격을 하는 것도 아닌데. 뭐, 살기등등한
눈빛이 조금 짜증이 나기는 하지만 무시하면 그만이고."

"하!"

은혼의 입에서 탄식이 흘러나왔다.

적진 한가운데 완벽하게 포위를 당한 상황에서 태연하게 술

잔을 비울 수 있는 풍월의 간담이 실로 대단해 보였다.

어떠한 상황에서도 자신을 지킬 수 있다는 자신감이리라. 그런 자신감이 내심 부럽기도 했다.

하지만 풍월을 무사히 패천마궁으로 안내해야 하는 임무를 지닌 자신은 절대 그럴 수가 없었다. 최악의 상황을 상정하여 미리 대비를 해야 했다.

은밀히 경적을 꺼내 쥔 손에 절로 힘이 들어갔다.

'젠장!'

당장에라도 경적을 울려 주변에 대기하고 있는 수하들을 부르고 싶었지만 일이 터지지도 않은 상황에서 소란을 떨기도 그랬다.

은혼이 살기로 가득 찬 주루를 다시금 냉정하게 살피기 시작했다.

그들이 앉아 있는 일층 주루엔 탁자가 일곱 개가 놓여 있었고 이미 손님으로 가득 차 있었다. 좌우 계단을 통해 이어진 이층 역시 각양각색의 복장을 한 손님들로 인해 발 디딜 틈조차 보이지 않았다.

문제는 그들이 단순히 상강(湘江)의 풍경을 구경하기 위해 주루를 찾은 관광객들이 아니라는 것이다.

'적어도 오십 명. 매혼루가 작심을 했군.'

눈에 보이는 인원만 그 정도이니 숨어 있는 인원은 가늠조차 되지 않았다.

애당초 처음 주점에 들어서고 분위기가 묘했을 때 피했어야 했다. 잠깐 주저하는 사이에 순식간에 빈자리가 채워지고 완벽하게 포위를 당해 버렸다.

'낌새가 이상할 때 뛰쳐나갔어야 했는데.'

판단이 조금 늦었던 것이 그렇게 후회될 수가 없었다. 풍월이 피하자고 피했을지는 의문이었지만.

'벌써 반시진이 지났다. 공격은 언제 시작하려는 거지? 아예 피를 말려 죽일 셈인가?'

참기 힘든 긴장감에 은혼의 입안이 바싹 타들어갈 때 잔뜩 겁먹은, 풀이 죽은 얼굴의 점소이가 걸어왔다.

'우리 때문에 너도 고생이다.'

은혼이 안쓰러운 눈빛으로 점소이를 바라보았다.

이제 겨우 소년티를 벗은 점소이에게 자칫하면 목이 날아갈 수도 있는 지금과 같은 분위기는 견디기 힘들 터였다. 자신들로 인해 괜한 고생을 하게 된 점소이에게 왠지 미안했다.

"이거 가져다 드리라고……."

점소이가 잔뜩 겁먹은 얼굴로 술병과 막 익힌 듯 김이 모락모락 피어오르는 제육볶음을 내려놓았다.

"더 이상은 필요한 게 없으니 오지 말거라. 그리고 이건 애써서 주는 것이니 네가 챙기고."

은혼이 금화 하나를 슬며시 건네주었다.

"가, 감사합니다."

점소이가 언제 울상이었느냐는 듯 활짝 웃으며 고개를 숙였다. 그 모습을 조용히 지켜보던 풍월이 술병에 손을 뻗으며 말했다.

"술맛이 제법이야. 뭐, 지금 와서야 수작질을 부렸을 리는 없을 테고."

풍월이 술잔을 빙글빙글 돌리며 움찔하는 점소이의 얼굴을 응시했다.

"자, 이제 식사도 다 했고 술도 적당히 즐겼으니 할 얘기가 있으면 해봐. 말 대신 행동으로 보여줘도 되고."

"예? 그, 그게 무슨 말씀이신지……."

점소이가 영문을 모르겠다는 듯 잔뜩 겁먹은 눈동자로 물었다.

"이쯤 했으면 됐잖아. 기다려 줄 만큼 기다려 줬으니 말장난은 이제 그만하자는 말이다. 누구냐, 너는?"

풍월의 매서운 눈초리에 점소이의 표정이 순식간에 바뀌었다. 얼굴에 가득했던 공포와 두려움은 어느새 사라져 있었고 입가엔 엷은 미소마저 띠고 있었다.

점소이의 변화에 은혼의 두 눈이 휘둥그레졌다.

"너! 너!"

어이가 없어 말을 잇지 못하는 은혼을 향해 가볍게 손을 흔든 점소이가 의자를 길게 빼곤 풍월과 마주 보며 앉았다.

"어찌 알았어요? 나름 최선을 다했는데 민망하게시리."

점소이가 술잔을 풍월에게 내밀며 물었다. 피식 웃은 풍월이 술을 따라주며 말했다.

"나름 훌륭했지. 은 형의 이목을 속였을 정도니까."

"그러니까요. 패천마궁이 자랑하는 묵영단도 전혀 눈치를 채지 못했는데."

부들거리는 은혼을 향해 한쪽 눈을 살짝 찡그려 준 점소이가 술잔을 단숨에 비웠다.

"뭔가 내가 모르는 허점이 있었을까요?"

점소이가 술잔을 다시 내밀며 물었다.

"몰라. 그냥 내가 뛰어나서 그런 거라."

풍월이 잔을 채워주며 귀찮다는 말투로 대꾸했다.

"재수 없는 말이지만 그게 또 그럴듯하게 들리기도 하네요. 그렇지 않았으면 자리에 앉기도 전에 목이 잘렸을 테니까."

목이 잘렸을 거라는 말에도 풍월은 피식 웃을 뿐이다.

"내가 주문표를 내려놓았던 순간을 말하는 거냐? 그때 왜 시도를 하지 않았지?"

"눈치챘어요?"

점소이가 깜짝 놀란 얼굴로 되물었다.

"대충은."

"성공했을까요?"

"아니, 아마도 네가 그린 그림과는 정반대의 상황이 벌어졌 겠지."

"역시! 본능적으로 온몸에서 경고등이 마구 켜지더라고요. 그래서 포기했지요."

자신의 판단이 옳았음에 환히 웃은 점소이가 술잔을 풍월 에게 내밀었다. 가볍게 술잔을 부딪친 두 사람이 기분 좋게 잔을 비웠다.

"이제 내 물음에 대답할 차례다. 너, 뭐 하는 녀석이냐?"

"알면서 뭘 물어요."

점소이가 시큰둥하게 고갯짓을 했다.

"매혼루라는 것은 알지만 네가 정확하게 누군지는 모르잖 아. 뭐, 대충 짐작은 간다만."

점소이의 눈동자가 반짝거렸다.

"누굴 것 같은데요."

"매혼루의 루주, 혹은 그에 준하는 신분?"

"와! 어찌 알았어요?"

점소이가 탄성을 터뜨리며 박수를 쳤다.

"저치들의 살기가 최고조에 달했으니까. 무엇보다 저 영감 하고 저 영감, 그리고 저 사내의 기운이 만만치 않거든. 조금 전까지만 해도 겨우 가늠할 수 있을 정도로 완벽하게 자신을 숨기던 자들이 저렇듯 빈틈을 보이는 것만 보더라도 네가 중요한 인물이라는 걸 의미하겠지."

점소이는 풍월이 가리키는 자들을 보며 처음으로 미소를 감췄다. 그가 가리킨 사람들이야말로 매혼루 최고의 살수들이었기 때문이다. 풍월은 생각하는 것 이상으로 자신과 수하들의 실력을 파악하고 있었다.

"아니라면 아니라고 말을 하고."

"아니요, 형님 말이 맞아요. 내가 매혼루의 루줍니다."

은혼이 어색한 표정을 짓자 풍월이 피식 웃었다.

"그럴 줄 알았다. 그런데 언제부터 내가 네 형님이냐?"

*   *   *

"귀문이냐?"

혈우야괴가 전서구의 다리에 매달린 서찰을 읽고 있던 귀살곡주에게 물었다.

"예, 노야."

"무슨 일이기에? 얼마 전에도 연락을 보내온 것으로 기억하는데."

혈우야괴의 물음에 귀살곡주 염극이 혈우야괴의 눈치를 살피며 입을 열었다.

"놈들의 본거지를 찾은 것 같습니다."

순간, 약간은 나른하게 풀려 있던 혈우야괴가 눈빛을 번뜩이며 물었다.

"매혼루의 본거지를 말함이더냐?"

"예."

"어디냐?"

"악록… 산이라 합니다."

염극의 음성이 살짝 떨렸다.

"악록산?"

혈우야괴가 미간을 확 찌푸렸다.

"죄송합니다."

염극이 빠르게 고개를 숙였다.

"확실한 것이냐?"

"귀문은 그리 판단하는 것 같습니다."

"허! 등잔 밑이 어둡다고 놈들을 지척에 두고도 모르고 있었다니."

"죄송합니다."

염극이 다시금 머리를 조아렸다.

"풍월이란 놈이 이쪽으로 이동을 하고 있다고 해서 어째 이상하다 했다. 턱밑에 비수가 박혀 있는 것도 모르고. 한심한 놈들."

거듭되는 질책에 염극은 연신 식은땀을 흘려댔다.

"진작 알았으면 놈의 꽁무니를 쫓아다니는 짓까지는 하지 않아도 되었을 것을."

"면목 없습니다."

"되었다. 이제 와서……."

혈우야괴의 말은 더 이상 이어지지 않았다. 귀문의 전서를 받고 척후로 나갔던 수하가 전력으로 달려오는 모습을 확인했기 때문이다.

"곡주님!"

"무슨 일이냐?"

목소리는 묵직했지만 혈우야괴와 숨 막히는 대화를 더 이상 이어가지 않아도 된다는 생각인지 염극의 표정이 환해졌다.

"노, 놈들이, 화산괴룡과 매혼루 놈들이 만났습니다."

*   *   *

"내가 이곳까지 온 이유를 모르진 않을 텐데?"

웃으면서 하는 말이지만 주루 전체를 긴장시키는 힘이 있었다.

은혼은 그렇잖아도 살벌했던 주루의 분위기가 극단으로 치닫는 것 같자 자신도 모르게 경적을 입에 물었다.

"그거 불어봐도 소용없어요."

형웅이 은혼의 경적을 가리키며 말했다.

"무… 슨 뜻이냐?"

은혼이 불안감을 감추지 못하고 물었다.

"주변에서 대기하는 수하들을 부르려는 모양인데 소용없다고요. 아, 그렇다고 숨통이 끊어진 건 아니니까 걱정하지 말아요."

"어느새……."

은혼의 눈에 경악이 어렸다.

몇 되지 않는 수하들이었지만 묵영단에서 나름 뛰어난 실력을 자랑하는 이들이었다. 그들이 아무런 신호도 보내지 못하고 제압당했다는 것은 매혼루가 작심하고 손을 썼다는 것을 의미했다.

은혼이 당황하는 것과는 달리 느긋하게 술잔을 드는 풍월의 표정엔 조금의 변화도 없었다.

풍월이 차갑게 물었다.

"화산에서의 일, 매혼루의 짓이냐?"

지금껏 여유만만한 모습이던 점소이, 매혼루주 형웅의 표정이 살짝 굳었다.

"아니요, 우리가 아닙니다."

"증거가 있다."

풍월이 품에서 돌돌 말린 헝겊을 꺼냈다.

헝겊을 펼치자 청연을 공격했던 살수가 사용했을 것이라 예상되는 비침이 모습을 드러냈다.

"일전에 이런 비침을 사용하는 살수를 만난 적이 있었지."

형웅이 쓴웃음을 지었다.

"황산진가의 일을 말하는군요. 살펴봐도 될까요?"

"마음대로."

풍월의 허락을 얻은 형웅이 비침을 집어 들었다. 풍월은 비침에 독이 묻어 있다는 말을 해줄까 하다 입을 다물었다.

요리조리 비침을 살피던 형웅이 뒷쪽으로 손짓하며 소리쳤다.

"태상 영감, 이것 좀 봐봐."

형웅의 부름이 끝나기도 전에 염쾌가 귀신처럼 다가왔다. 마치 처음부터 그 자리에 있었던 사람 같았다.

풍월이 가벼운 찬사를 보냈다.

"멋진 신법!"

"흥!"

콧방귀를 뀐 염쾌가 형웅이 건네는 비침을 받아 들었다.

"태상 영감이 보기엔 어때? 내가 보기엔 우리가 사용하는 것과 똑같은 것 같은데."

염쾌가 나직한 침음을 흘리며 고개를 끄덕였다.

"노신의 생각도 같습니다. 놀랍도록 똑같군요."

"흠, 그러면 인정한 건가?"

풍월의 음성이 착 가라앉았다.

"그럴 리가요."

도리질을 친 형웅이 염쾌로부터 비침을 다시 받아 들며 말을 이었다.

"외형은 똑같지만 결정적으로 다른 게 있어요."

형웅의 손짓에 수하 하나가 커다란 상자 하나를 들고 달려왔다.

"열어라."

염쾌의 명에 의해 열린 상자엔 뱀 한 마리가 들어 있었다.

전신의 비늘은 황금빛으로 빛나고 머리엔 관처럼 생긴 뿔이 솟아 있다. 눈동자가 붉다 못해 새빨간 것이 신비로우면서도 섬뜩한 느낌을 주는 뱀이었다.

"뱀들의 황제라 불리는 금관비사(金冠飛蛇)인데요. 멋진 외형만큼이나 독이 장난이 아니지요. 우리가 사용하는 비침의 독은 바로 이 녀석의 것을 바탕으로 몇 가지 독을 더 조합하여 만든 겁니다."

형웅의 손짓에 염쾌가 헝겊에서 나온 비침과 똑같은 비침을 꺼내 들었다.

"당연히 비침에 묻은 독에 내성을 지닙니다."

형웅의 말과 함께 염쾌의 손에 들린 비침이 금관비사의 몸에 박혔다. 고통 때문인지 잠시 꿈틀대던 금관비사는 비침을 제거하자 이내 평소의 움직임으로 돌아갔다.

"하지만 이 비침엔 어떨지 모르겠네요."

형웅이 헝겁에서 나온 비침을 금관비사의 몸에 꽂자 금관비사가 곧바로 반응을 보였다.

고개를 반짝 쳐들고 혓바닥을 미친 듯이 날름거리더니 온몸을 발광하듯 비틀어댔다. 그러고는 이내 힘을 잃고는 축 늘어졌다.

"흠, 이놈이 어지간한 독엔 반응도 하지 않는데 이것도 꽤나 독하네. 이번엔 형님의 이해를 돕기 위해서 금관비사의 독이 묻은 비침의 힘도 보여 드리지요."

형웅이 눈짓을 하자 염쾌가 주루 밖으로 손을 움직였다.

염쾌의 손을 떠난 비침은 때마침 주루 옆을 스쳐 가던 마차로 향했다. 비침은 마차를 끌고 가던 말에 적중했다. 비침에 맞은 말은 몇 걸음도 내딛지 못하고 힘없이 쓰러졌다.

말의 고통스러운 울부짖음과 함께 주인의 것으로 보이는 비명에 풍월의 미간이 살짝 모아졌다.

"모양은 같은데 비침에 묻은 독이 다르다는 거냐?"

"예."

"그러니까 화산에 벌인 일은 너희들이 아니라고?"

"그렇죠."

"너라면 믿겠냐?"

"아니요."

형웅이 풍월의 질문이 끝나기도 전에 고개를 흔들곤 잔을 들었다.

당연히 변명을 예상했던 풍월과 은혼은 어처구니없다는 얼굴로 술을 홀짝이는 형웅을 바라봤다.

"그런 표정은 뭘까요? 설마하니 이 정도 증거를 가지고 형님을 만나러 왔다고 생각한 겁니까? 자칫하면 뒈질지도 모르는데."

"그래, 다른 증거가 있어야 할 거다."

풍월이 약간은 맥이 빠진 음성으로 말했다.

"잠깐만 기다려 봐요. 그렇잖아도 올 때가 됐어요."

형웅의 말이 끝나기가 무섭게 문에 걸린 주렴을 걷고 추혼전주 강와가 모습을 보였다.

"왔네요. 자존심 때문에라도 형님과 싸워야 한다고 주장했던 영감탱이들을 대신해 이 상황을 해결해 줄 사람이."

벌떡 일어난 형웅이 과장된 동작으로 강와를 소개했다.

"매혼루에서 거의 유일하게 정상적인 사고를 지닌 추혼전주 강왑니다."

형웅의 요란스러운 소개에도 강와는 별다른 반응 없이 무표정한 얼굴로 풍월에게 살짝 고개를 숙였다.

"강와라 합니다."

풍월도 얼떨결에 마주 인사했다.

"풍월입니다."

"시간이 없으니 바로 본론으로 들어가겠습니다. 혹시 이게 무엇인지 아십니까?"

강와가 손에 든 주머니를 내밀더니 그 안에서 조그만 쥐 한 마리를 꺼내 들었다.

검거나 회색빛의 여느 쥐와는 달리 강와의 손에서 사지를 바둥거리며 벗어나고자 애쓰는 쥐는 눈처럼 하얀 털과 핏물보다도 더 붉은 눈동자를 지녔다.

"모릅니다."

고개를 젓는 풍월과는 달리 은혼은 쥐의 정체를 아는 것 같았다.

"그거 혹시 적안영서(赤眼靈鼠) 아닙니까?"

은혼이 놀라움을 감추지 못하고 되물었다.

"아시는군요."

"물론입니다. 길들이기가 어려워서 그렇지 제대로 길만 들이면 무척이나 유용한 놈이지요. 특히 냄새를 워낙 잘 맡아서… 헉!"

설명을 하던 은혼이 기함을 하며 벌떡 일어났다.

"설마 놈이 우리를 쫓고 있었던 겁니까?"

"정확합니다."

고개를 끄덕인 강와의 시선이 팔짱을 낀 채 굳은 표정으로 적안영서를 살피는 풍월에게 향했다.

"냄새를 맡고 쫓는 데에 최적화가 된 적안영서가 주변에 있다는 것은 누군가 풍 공자께 추종향을 묻혔다는 말과 같습니다. 추종향과 적안영서를 이용하면 조금의 의심도 없이 목표물을 쫓을 수 있지요. 설사 그 목표물이 천하제일 고수라도 예외는 없습니다."

풍월의 시선이 은혼에게 향했다. 그 의미를 이해한 은혼이 힘없이 고개를 끄덕였다.

한숨을 내쉬는 은혼의 표정은 더없이 무거웠다. 패천마궁이 자랑하는 묵영단원으로서 풍월의 몸에 묻은 추종향과 적안영서의 존재를 파악하지 못했다는 것에 책임을 느낀 것이다. 물론 추종향이 인간에겐 무색무취나 다름없다는 것을 감안하면 딱히 그의 잘못이라 할 수는 없었지만.

"어쩐지 언제부터인가 영 느낌이 좋지 않더라니. 몇 번이나 그 이유를 찾아보려 해도 걸려들지 않더니만 바로 이런 이유 때문이었군. 하지만 이 녀석 또한 확실한……"

강와가 풍월의 말을 잘랐다.

"물증이 될 수는 없겠지요. 그래서 준비했습니다. 확실한 물증을. 놈을 끌고 와라."

강와의 외침에 누군가 피투성이가 된 사내를 들쳐 업고 주루로 들어섰다. 옆구리를 붉게 물들인 적희가 그들의 뒤를 따랐다.

"다쳤네, 할멈. 쥐새끼의 실력이 제법이었나 봐. 그러게 젊은 놈들 보내라니까."

형웅이 적희를 보며 이죽거렸다.

"방심을 했을 뿐입니다."

적희가 얼굴을 붉히며 귀문을 슬쩍 응시했다.

단순히 방심을 했다고 치부하기엔 눈앞에 쓰러진 귀문의 실력이 대단하긴 했다. 기습에 당하고 쓰러지는 순간, 그 찰나의 순간에 이어진 반격에 자칫하면 치명상을 당할 뻔했으니까.

"방심이든 뭐든 상관없고. 이놈이 형님을 뒤쫓고 있다는 놈이야? 그래, 뭐 하는 인간이야? 쉽게 입은 열었고?"

형웅이 호기심 가득한 눈동자를 빛내며 물었다.

"굳이 물을 필요도 없었습니다."

"왜? 할멈이 아는 놈이야?"

"예, 귀문이라는 놈입니다."

"귀문?"

형웅이 고개를 갸웃거리자 강와가 설명을 덧붙였다.

"귀살곡에서도 손꼽히는 살수입니다. 참고로 십 년 전의 참화에도 참가했습니다."

말이 끝나기가 무섭게 형웅의 몸이 허공으로 솟구쳤다. 분노로 가득한 그의 발이 기절해 있는 귀문의 얼굴로 향했다.

"루주님!"

강와의 차분한 외침에 이를 바득 간 형웅이 방향을 바꿔 귀문의 양다리를 뭉갰다.

쫘!

천근추의 수법에 당한 귀문의 양다리가 모래처럼 바스라졌다.

"끄아아아악!"

처절한 비명과 함께 기절해 있던 귀문의 몸이 미친 듯이 펄떡거렸다.

"겨우 이 정도로 아픈가 보네."

히죽 웃은 형웅이 뭉개진 그의 다리를 자근자근 밟았다. 그럴 때마다 귀문의 비명은 더욱 처절하게 변했다.

형웅의 잔인한 행동에 미간을 찌푸리던 풍월이 은혼에게 슬며시 물었다.

"은 형도 저치를 압니까?"

"귀문이요? 예, 얼굴을 보는 것은 처음이지만 이름은 들어 알고 있습니다."

"흠, 일단 지금의 행동이 거짓된 것은 아니라는 말이겠네요. 하긴 단순히 우리를 속이자고 사람을 저 지경으로 만들지는 않겠지요. 아무리 감정이 좋지 않기로서니… 어라?"

안쓰러운 눈길로 귀문을 바라보던 풍월이 벌떡 일어났다. 그러고는 고통으로 몸부림치고 있는 그에게 얼굴을 들이밀었다.

뚫어져라 귀문을 노려보던 풍월이 이내 어이없다는 표정을 짓고 말았다.

"젠장, 나도 초면은 아닌 것 같네."

풍월은 귀문이 화산에서 스쳐 지나갔던 주정뱅이였음을 기억해 내곤 한숨을 내쉬었다. 자신의 몸에 언제 추종향이 뿌려졌는지도 곧바로 유추할 수 있었다.

"귀살곡이 어째서 나를 노린 거지? 왜 사형을 공격한 것이냐?"

풍월이 분노 어린 음성으로 물었지만 귀문은 그저 고통에 신음할 뿐이었다.

제22장

혈우야괴(血雨夜怪)

"오해가 풀리신 것 같군요."

강와가 담담히 말했다.

"이자가 귀살곡의 살수가 맞다면 확실하게."

이미 상황이 종료되었음을 느끼면서도 풍월은 여전히 여지를 남겼다.

"그 또한 증명해 드리겠습니다, 루주님."

강와가 끊임없이 귀문을 괴롭히고 있는 형웅을 불렀다.

"왜?"

"보고드릴 것이 있습니다."

"무슨 보고? 이제 다 끝난 거 아냐? 형님도 오해를 푼 것 같은데."

형웅이 떨떠름한 표정을 짓고 있는 풍월을 향해 씨익 미소를 지었다.

귀문의 피로 얼룩진 얼굴에 드러난 미소는 섬뜩하기만 했다.

"귀살곡이 이곳으로 오고 있습니다."

장난스러웠던 형웅의 표정이 다시금 스산하게 변했다.

"귀살곡이?"

"빠르면 반시진 이내에 도착할 것 같습니다."

"놈들이 어찌 알고… 아!"

형웅의 시선이 비참하게 꿈틀대고 있는 귀문에게 향했다.

"이놈 때문이겠지?"

"예, 귀살곡이 이렇듯 신속하게 움직였다는 것은 이자와 꾸준히 연락을 하며 뒤를 쫓았다는 것을 의미합니다."

강와가 풍월을 힐끗 살피며 말을 이었다.

"놈들은 풍 공자와 본루의 악연을 이용해 지금과 같은 계획을 세웠고 풍 공자와 본루가 충돌하는 때를 노려 공격을 하려 한 것 같습니다."

"거의 성공할 뻔했네. 추혼전주가 우리 풍 형님의 뒤를 은밀히 쫓고 있던 저 버러지를 눈치채지 못했으면 큰일 날 뻔했어."

형웅이 슬그머니 고개를 돌리는 풍월의 모습에 기꺼워하며 강와를 칭찬했다.

"별말씀을요."

강와가 공손히 허리를 숙였다.

"자자, 아무튼 과정이야 어쨌거나 잘됐어. 이참에 십 년 전의 빚을 갚아주자고."

박수와 함께 장난처럼 던지는 형웅의 말 속에는 주체할 수 없는 살기가 담겨 있었다.

"그리고 형님, 이쯤 되었으면 오해가 풀린 것 같은데요."

풍월이 고개를 끄덕였다.

"흐흐흐, 그럼 이 동생한테 사과 정도는 해야 하는 것 아닙니까? 지부가 몇 개가 박살 났더라."

형웅이 한쪽 눈을 찡그리며 웃었다.

"이번 일은 확실히 오해가 있었다. 하지만 그렇다고 사과할 필요까지는 없다고 보는데. 매혼루와는 아직 정리할 것이 남았으니까."

"예? 정리… 라니요?"

풍월의 냉정한 반응에 형웅은 당황한 기색이 역력했다. 슬쩍 강와를 살펴보았지만 그 역시 당혹한 표정으로 고개를 흔들 뿐이었다.

"그건 천천히 얘기하고, 일단 귀살곡 문제부터 해결하자고. 매혼루가 그들과 어떤 원한이 있는지는 모르겠지만 나 역시 놈들에게 갚아줘야 할 빚이 있으니까."

"우리도 돕겠습니다."

은혼이 입술을 지그시 깨물며 말했다. 묵영단원으로서 귀살곡의 살수에게 농락당한 것이 못내 분한 듯 보였다.

"하하! 형님이 도와준다면야 대환영이지요."

자존심이 상할 수도 있는 문제지만 형웅은 풍월과 은혼의 도움을 거절하지 않았다. 그들이 가세함으로써 매혼루의 피해는 최소화하며 귀살곡을 확실하게 괴멸시킬 수 있기 때문이었다.

"그런데 무작정 맞을 수는 없잖아. 제대로 환영을 해줘야 할 텐데 좋은 생각 있… 무슨 일이야?"

약간은 들뜬 얼굴로 시선을 돌리던 형웅은 급히 휘갈긴 것 같은 서찰 하나를 받고서, 그 어떤 때보다 굳은 표정을 하고 있는 강와를 보며 정색을 했다.

"귀곡… 문에 그 노… 물이 있다고 합니다."

"노물? 누굴 말하는 거야?"

"혈. 우. 야. 괴. 그 노물이 확인되었습니다."

쾅!

형웅이 탁자를 후려치며 벌떡 일어났다.

꽤나 단단해 보이던 탁자는 산산조각이 나버렸다.

"확실… 한 거겠지?"

형웅이 떨리는 음성으로 물었다.

"확실합니다."

강와의 대답에 주먹을 불끈 쥐는 형웅의 눈에선 형언할 수 없는 살기가 폭사되었다.

형웅이 붉게 상기된 표정으로 풍월을 돌아봤다.

"행여나 끼어들지 마세요. 그 노물은 제가 죽입니다."

"어? 그, 그래라."

얼떨결에 고개를 끄덕이던 풍월은 자신이 형웅의 실력을 상당히 과소평가하고 있음을 깨달았다.

다소 신경질적이고 약간은 치기 어린 겉모습과는 달리 그 안에 깊이 감춰진 폭발적인 기세는 화산에서 잠시 스쳤던, 그 끝이 가늠조차 되지 않았던 초무량을 제외하고는 지금껏 만나본 그 누구보다 강렬한 것이었다.

'그런데 혈우야괴와는 어떤 원한이 있는 거지?'

형웅의 반응을 감안했을 때 원한도 보통 원한은 아닌 것 같았다.

좀처럼 흥분을 가라앉히지 못하고 있는 형웅에게 굳이 물어볼 생각은 없었다. 그 정도의 대답이라면 옆에 있는 은혼에게 물어도 충분히 대답을 들을 수 있을 테니까.

                    *   *   *

   매혼루의 본거지가 발견되고 풍월과 매혼루가 곧 충돌할
것 같다는 보고를 받은 후, 한시도 쉬지 않고 달린 혈우야괴
와 귀살곡의 살수들은 초저녁이 되어 상강 유역에 도착했다.

   "현재 상황은?"

   혈우야괴가 물었다.

   제법 먼 거리를 한달음에 달렸음에도 피곤한 기색이 전혀
없었다. 오히려 앞으로 다가올 전투를 기대하고 있음인지 얼
굴 전체가 붉게 상기되어 있었다.

   "이미 싸움은 시작되었습니다. 그들이 머물던 주루가 초토
화가 되었고 무수한 사상자가 발생했다고 합니다. 관군까지
움직였다는 보고입니다."

   귀살곡주 염극이 공손히 대답했다.

   "뭐라? 관군이 개입했다고?"

   혈우야괴의 눈썹이 꿈틀댔다.

   무림과 관부는 그야말로 물과 기름 같은 존재. 제아무리 그
라도 관군이 개입한 상황은 부담스러운 것 같았다.

   "민간에 피해가 갈 수 있다고 여긴 것 같습니다만 크게 개
입은 하지 않는 것 같습니다."

"흥, 당연하지. 아무튼 놈들은 지금 어디에 있느냐? 관군이 움직였다면 그곳에 머물지는 않았을 텐데."

"현재 포구 하류 쪽에 위치한 갈대밭 쪽으로 전장을 이동했다고 합니다."

"갈대밭?"

"예, 하류 쪽에 꽤나 넓은 갈대밭이 있습니다. 아무래도 지형적으로 유리하다고 판단한 모양입니다."

혈우야괴가 코웃음을 쳤다.

"그 정도로 몰렸다는 말이군. 한심한 놈들! 아무리 놈이 대단하다고 해도 명색이 중원 살수계를 대표한다는 놈들이 그런 꼴을 보이다니. 매혼루를 멸해야 하는 이유가 하나 더 생겼구나."

"갈대밭 주변으로 멸혼진을 펼친다면 완벽하게 섬멸할 수 있습니다."

"멸혼진을? 이 인원으로 가능하겠느냐?"

혈우야괴가 어느새 휴식을 마치고 명을 기다리고 있는 살수들을 둘러보며 물었다.

"정예들만 움직였습니다. 충분합니다."

염극이 자신만만한 표정으로 대답했다.

"실수가 없도록 해라. 노부는 따로 움직이겠다."

혈우야괴가 입맛을 다시며 말했다.

염극은 그가 풍월을 노리고 있음을 직감했다.

탐욕으로 가득한 혈우야괴의 표정이 본격적으로 풍월을 쫓기 직전, 검황과 연관이 있는 것으로 알려진 조사운의 목을 가지러 갈 때 지었던 표정과 똑같았기 때문이었다.

"알겠습니다."

공손히 허리를 숙이며 물러난 염극이 명을 기다리는 수하들을 향해 곧바로 명을 내렸다.

"멸혼진을 펼친다. 개미 새끼 한 마리도 빠져나가선 안 될 것이다."

"존명."

귀살곡의 살수들이 일제히 고개를 숙였다. 한목소리가 되어 대답을 함에도 소리는 결코 크지 않았다.

온 세상에 어둠이 찾아왔을 때 귀살곡의 살수들이 갈대밭 외곽에 도착했다.

어둠에 완전히 녹아든 그들의 움직임은 참으로 은밀했다.

백여 명이 훌쩍 넘는 인원이 움직임에도 별다른 소음은 들리지 않았다. 이따금씩 바람에 흔들리는 갈대가 옷깃에 스치며 나직한 소음을 뱉어냈지만 그 역시 바람 소리에 완전히 묻혔다.

하늘 가득 짙게 낀 구름도 그들을 도왔다. 보름을 하루 앞

둔 달빛이 제법 강렬했음에도 구름을 뚫어내진 못했다.

"이거, 장난이 아닙니다."

염극과 함께 이동 중인 장로 원시천이 곳곳에 쓰러져 있는 시신들을 보며 혀를 내둘렀다.

"하나같이 일격에 당한 것 같소."

염극이 엎드려 있는 시신을 발로 뒤집으며 말했다.

시신의 몸에는 큰 상처는 없었다. 그저 목을 깊게 파고든 자상이 하나 남아 있을 뿐이었다.

"예, 대부분이 그렇습니다. 표정을 보니 자신들이 어찌 당한지도 모르고 죽은 것 같습니다."

"스쳐 지나가면서 모조리 목을 뱄다는 건데……."

염극이 긴장감이 가득한 한숨을 내쉬었다.

언뜻 보기에도 주변에 쓰러져 있는 시신은 열 구가 넘었다. 그리고 그들에게 남겨진 상처는 목에 자상뿐이었다. 원시천의 말대로 별다른 반항도 하지 못하고 찰나에 당한 것 같았다.

"일말의 머뭇거림도 없었군. 소름 끼치도록 깔끔해. 어린 놈의 손속이 아주 잔인하다고 해야 하나, 아니면 대단하다고 해야 하나?"

물음에 대한 답은 이미 정해진 것이나 다름없었다.

갈대밭 중심에서 들려오는 격렬한 충돌음과 비명 소리는 여전히 싸움이 이어지고 있음을 의미했다.

매혼루라는 중원 최고의 살수 단체를 상대로, 그것도 압도적인 병력의 차이에도 불구하고 이렇듯 치열한 싸움을 벌이고 있다는 것만으로도 풍월의 강함은 그 누구도 부인할 수 없는 것이었다.

문득 의심이 들었다.

'괜찮겠습니까, 노야?'

중원 살수계의 전설이라는 혈우야괴. 그가 얼마나 강한지는 이미 뼈저리게 느끼고 겪어왔음에도 이상하게 마음이 불안했다.

삐이이이.

애써 불안한 마음을 다잡고 있을때 귀를 간질이는 미세한 경적 소리가 들려왔다.

"준비를 마친 듯합니다."

원시천이 달뜬 음성으로 말했다. 피 냄새를 맡은 것인지 벌써부터 눈동자가 붉게 변해 있었다.

"시작하지."

염극의 명이 떨어졌다.

원시천이 그를 주시하고 있던 수하들을 향해 수신호를 보내고 동시에 손가락보다 조금 큰 피리를 꺼내 불었다.

피리 소리를 시작으로 은밀히 갈대밭을 포위하는 데 성공한 귀살곡의 살수들이 일제히 움직이기 시작했다. 그들은 살

아 있는 모든 생명체를 말살하겠다는 기세로 갈대밭을 조여
왔다.

선두에서 움직이는 원시천의 눈에 척후로 보이는 적이 포착
되었다.

번개같이 움직인 손에 척후가 순식간에 제거되었다. 그렇게
제거하기를 대여섯 명, 원시천은 척후들의 실력이 생각보다 뛰
어나지 않다고 여겼다.

'그래도 꽤나 훈련이 잘되었군.'

숨이 끊어지는 마지막 순간까지 단 한 명도 비명을 지르지
않는 것을 보며 내심 감탄을 했다.

하지만 그의 손에 제거된 살수가 열이 넘어갔을 때 원시천
은 뭔가 이상하다는 느낌을 받았다.

다른 곳도 아니고 매혼루가 아니던가. 갈대밭 중심에서 날
뛰고 있는 풍월에게 시선을 빼앗겼다고 해도 생각보다 너무
쉬웠다.

더구나 아무리 지독한 훈련을 받은 살수라도 죽음과도 같
은 고통 속에선 일말의 신음이라도 흘리게 마련이다. 지금 막
쓰러진 적처럼 단번에 숨통이 끊긴 것이 아닌 상태라면 더욱
그랬다.

한데 극한의 고통과 공포로 가득한 입에선 그 어떤 신음도,
비명도 흘러나오지 않았다. 최소한 아군에게 기습을 알리기

위해서라도 소리를 질러야 함에도.

"설마!"

원시천이 불안한 표정으로 목을 부여잡고 쓰러진 사내를 향해 다가갔다. 그러고는 그의 몸을 빠르게 살폈다.

입을 벌리려고 해도 잘 벌어지지 않았다. 억지로 벌린 입에서 완전히 굳어버린 혓바닥을 확인할 수 있었다.

'아… 혈이 제압당했다. 게다가 이런 투박한 손이라니!'

아혈이 제압당했다는 사실과 함께 사내의 손을 확인한 원시천의 몸이 그대로 굳었다. 울퉁불퉁하고 거칠기 짝이 없는 손은 결코 살수가 지닐 수 있는 손이 아니었다.

'젠장할! 당했다!'

악귀처럼 변해 버린 얼굴로 벌떡 일어난 원시천이 갈대밭을 향해 포효했다.

"함정이다!"

원시천의 외침이 갈대밭을 뒤흔드는 것과 동시에 사방에서 비명 소리가 터져 나왔다. 치밀하게 은신하고 있던 매혼루의 살수들이 일제히 반격을 시작한 것이다.

혈우야괴의 등장으로 치열했던 싸움이 어느새 멈춰졌다.

좌중의 시선을 느긋하게 즐기며 사위를 둘러보던 혈우야괴의 시선이 풍월에게 향했다.

"네가 풍월이라는 놈이냐?"

"그렇게 묻는 영감은 누군데?"

풍월이 이마를 덮은 머리카락을 쓸어 넘기며 되물었다.

풍월의 도발적인 반응에도 혈우야괴는 화를 내지 않았다. 오히려 맛있는 먹잇감을 눈앞에 둔 맹수처럼 여유롭게 그의 도발을 즐겼다.

"소문대로 제법 뛰어난 실력을 지녔구나. 옛날에 비해 명성이 시궁창에 빠지긴 했어도 그래도 나름 한가락 하는 늙은이들이건만."

혈우야괴는 풍월을 포위 공격 하고도 오히려 지친 기색이 역력한 염쾌와 몇몇 장로들을 둘러보며 한껏 거드름을 피웠다.

"닥쳐라!"

염쾌가 분노로 가득한 외침을 토해냈다.

"클클클! 눈깔을 잃고 발버둥 치던 기억이 생생하거늘 아직도 정신을 못 차렸느냐. 내 오늘 친히 하나 남은 눈깔까지 접수해 주도록 하마."

혈우야괴의 비웃음에 염쾌는 한쪽 눈을 잃던 그날의 치욕스러운 기억을 떠올리며 얼굴을 일그러뜨렸다.

"누가 눈깔을 잃을지는 두고 보면 알겠지."

섬뜩할 정도로 차가운 음성에 혈우야괴의 고개가 돌아갔다. 하지만 목소리의 주인을 확인하고는 피식 웃음을 터뜨렸다.

"네가 매혼루의 주인이라는 아이냐?"

"그렇다."

형웅이 짧게 대답했다.

"쯧쯧, 부자는 망해도 삼 년은 간다 했거늘 매혼루의 꼴도 말이 아니군. 고작 이런 애송이가 주인 자리를 차지하고 있다니 말이야."

"함부로 지껄이지 마라!"

염쾌가 버럭 소리를 질렀다. 그의 반응을 보며 혈우야괴가 다시금 비웃음을 흘렸다.

"크크크! 염가 네놈의 반응을 보니 대충 감이 오는구나. 아마도 전대 루주의 핏줄 정도 되는 모양이군. 노부가 모가지를 비틀었던, 맞느냐?"

대답은 염쾌가 아니라 형웅의 입에서 흘러나왔다.

"맞다. 늙은이의 손에 모가지가 비틀려 뒈진 인간이 바로 내 아버지다. 하지만 그 덕분에 늙은이도 반병신이 된 것으로 기억하는데, 아니냐?"

"뭐라!"

지금껏 여유롭던 혈우야괴의 표정이 제대로 구겨졌다.

"이야! 송곳이네 송곳. 어린놈이 말을 참 잘해. 그죠?"

맞장구를 치며 혈우야괴의 분노에 기름을 들이부은 풍월이

건들거리며 말을 이었다.

"아직 뭐가 뭔지 제대로 감을 잡지 못한 모양인데 정신 차리쇼, 영감. 자칫하면 이곳이 영감 무덤이 될 수도 있으니까."

"네놈이 무슨 말을……."

무슨 헛소리를 지껄이느냐는 듯 반문하던 혈우야괴의 낯빛이 크게 흔들렸다.

때마침 갈대밭을 뒤흔드는 원시천의 외침이 들려왔다.

"함… 정?"

그제야 뭔가 상황이 심상치 않게 돌아간다고 여긴 혈우야괴가 냉철하게 주변을 살폈다.

상처 입고 지친 표정이 역력한 겉모습과는 다르게 그들 모두에게서 날 선 기운이 뿜어져 나오고 있었다.

"감히 노부를 속였구나!"

"나 원. 날 끌어들인 건 그쪽이 먼저 아닌가? 운이 좋은 줄 알라고. 이 녀석이 지랄만 하지 않았어도 영감은 나한테 죽었어."

"네놈이 감히!"

"쯧쯧, 아직도 분위기 파악을 못 하시네. 이보쇼, 야괴 영감. 대충 얘길 들어보니 오랫동안 반병신이 되었던 모양인데 상대의 실력이 어떤지나 제대로 파악하는 게 좋을 거요. 비명횡사하기 싫으면."

혈우야괴에게 독설을 퍼부은 풍월이 평소와는 전혀 다른 분위기로 서 있는 형웅에게 말했다.

"약속했으니까 넘긴다만… 아니다. 아무튼 잘해라. 끝나고 다시 보자. 아까 말했지? 우리 사이엔 아직 제대로 정리를 해야 할 일이 있다고."

풍월은 형웅의 대답을 기다리지 않고 몸을 돌렸다. 혈우야괴는 형웅에게 넘겼지만 사형 청연의 복수는 지금부터가 시작이었다.

"헉!"

기겁하는 소리와 함께 원시천이 펄떡 뛰어오르며 물러났다. 비틀거리는 그의 손엔 바닥에 널브러진 시신의 눈을 뚫고 날아든 작은 비침이 박혀 있었다.

원시천은 손바닥 끝에서 타고 오르는 이물감에 한 치의 망설임도 없이 팔을 잘라냈다.

끔찍한 고통이 머리부터 발끝까지 관통했지만 짧은 신음만이 흘러나올 뿐이었다.

원시천의 살기가 시신을 치우고 모습을 드러낸 여인에게 향했다.

"호호! 늙은이의 반응이 제법 빠르네."

방금 전 치명적인 한 수를 날린 살수답지 않게 느긋하게 모습을 드러낸 여인의 입가엔 비웃음이 가득했다.

"네년이 감히!"

매혼루의 장로 적희를 사부로 둔 특급 살수 청요는 원시천의 눈길에 아랑곳없이 옷에 묻은 흙먼지를 털어내고 살짝 흐트러진 옷매무새를 가다듬었다.

"손이 아니라 쓸모없는 대가리였으면 좋았을 텐데. 이런 쓰레기들을 본 루의 살수라고 착각하는. 호호호!"

시신을 툭툭 건드리며 조롱을 하던 청요가 장난처럼 뭔가를 던졌다.

"자, 하나 더 받아봐."

원시천은 조금도 방심하지 않고 소매를 휘감아 물건을 후려쳤다. 그 순간, 미세한 분말이 사방에 퍼졌다.

"독이다. 호흡을 멈춰라!"

원시천이 다급히 외쳤다.

"호호호! 독은 아닌데. 하지만 독보다 조금은 더 무서울 거야, 늙은이."

청요는 자신이 은신해 있던 곳에서 돼지 오줌보처럼 보이는 주머니가 줄줄이 엮여 있는 줄을 잡아 빼고는 혁낭에 싸여 있던 화섭자를 꺼내 들었다.

"막아랏!"

원시천의 외침과 동시에 공격이 날아들었지만 이미 화섭자를 이용해 주머니에 불을 붙인 청요는 불이 붙은 주머니를 사방으로 던지며 교소를 터뜨렸다.

"호호호! 귀살곡의 병신들! 화염지옥에 온 걸 환영할게."

그녀의 말이 끝나기가 무섭게 바닥에 떨어진 주머니가 굉음을 내며 폭발했다.

불붙은 기름 주머니가 방금 전, 그녀가 흩뿌린 화약 가루와 반응하며 맹렬한 반응을 일으킨 것이다. 반경 십여 장이 불바다로 변하는 것은 순식간이었다.

"저자입니다."

풍월은 자신의 안내를 맡은 살수가 가리키는 인물을 보곤 고개를 끄덕였다.

하늘 끝까지 치솟는 불길 속에서 상황을 수습하기 위해 애쓰는 중년인은 혈우야괴에 비할 바는 아니지만 확실히 그 누구보다 존재감이 강했다.

풍월은 안내했던 자에게 손짓을 하고는 염극을 향해 걸음을 내디뎠다. 이미 그가 있는 곳까지 불길이 번지기 시작했지만 발걸음을 막지는 못했다.

풍월의 움직임은 이내 상대에게 전해졌다. 정신없이 수하들에게 명을 내리던 염극이 멈칫하더니 풍월을 향해 천천히 몸을 돌렸다.

"당신이 귀살곡의 곡주요?"

풍월이 아직 불이 붙지 않은 갈댓잎 허니를 입에 물며 물었다.

"그러는 네놈은 누구냐?"

염극이 날카로운 눈빛으로 풍월을 살피며 되물었다. 자신의 정체를 뻔히 알면서도 여유를 부린다는 것에 화가 치밀기도 했지만 그랬기에 오히려 몸을 사렸다.

"혹 네놈이 형웅이란 애송이냐?"

풍월이 대답을 하기도 전에 다시 물었다. 질문을 하면서도 뭔가가 미심쩍은 것인지 고개를 갸웃거렸다.

"설마, 그 녀석은 저기서 정신 나간 영감하고 드잡이질을 하고 있소."

풍월이 엄지로 어깨 너머 뒤쪽을 가리키며 웃었다.

염극의 굵은 눈썹이 징그럽게 꿈틀댔다.

'정신 나간 영감이라면 노야? 하면 노야가 싸우고 있는 사람이 화산괴룡이 아니란 말인가?'

염극은 그제야 자신의 앞에 선 건방진 애송이의 정체를 알아차릴 수 있었다.

"화. 산. 괴. 룡."

염극이 신음하듯 내뱉자 풍월이 질겅이던 갈댓잎을 뱉으며 웃었다.

"이유를 듣고 싶어서 말이요. 매혼루야 엮인 게 있다지만 그쪽하고는 접점이 없는것 같은데 어째서 화산에서 그런 짓을 했는지."

"……."

"그냥 매혼루를 낚는 미끼로 쓴 거요? 아니면 다른 이유라도 있는 거요?"

풍월이 거듭 질문을 했지만 염극의 입은 열릴 줄 몰랐다. 그저 교활한 눈동자를 굴리며 눈앞의 위기를 벗어날 궁리만 할 뿐이었다.

염극의 손에서 놀고 있던 비수들이 무서운 기세로 쏘아졌다. 우선은 움직임을 봉쇄하며 거리를 확보해야 했다.

살수는 노출되지 않았을 때 진정한 실력을 보이는 법. 정면 대결은 논할 가치도 없었다.

"너무 뻔하지 않소?"

풍월이 곧바로 반응했다.

거의 몸을 움직이지 않고 고작 몇 걸음을 움직이는 것으로 쇄도하는 비수들을 모조리 피해냈다.

파스슷!

언제 발출한 것인지 한 줄기 도기가 염극의 하체를 노리며 짓쳐들었다.

"헙!"

무시무시한 기세로 달려드는 도기에 헛바람을 들이킨 염극이 황급히 몸을 틀었다.

풍월이 발출한 도기가 그의 몸을 훑고 지나간 듯 보였으나 잔상에 불과했다.

이형환위의 수법으로 간신히 공격을 피해낸 염극이 질린 표정으로 풍월을 바라보았다.

소문은 익히 들었다. 매혼루의 행사를 방해하고 화산검회를 난장판으로 만들었을 정도로 막강한 실력을 지녔다는 것을. 소문은 늘 과장되게 마련인 법이고 매혼루와의 싸움이 눈속임에 불과했다는 것까지 확인하곤 마음 한편에 어느 정도는 안이한 생각이 자리했다.

'소문이 과장된 것이 아니라니.'

완벽한 착각이었다. 스물 남짓한 나이에 이 정도의 강함을 지녔을 줄은 상상도 하지 못했다.

생각은 오래 이어질 수 없었다. 풍월의 도가 어느새 맹렬한 기세로 달려들고 있었다.

꽝! 꽝! 꽝!

도와 부딪칠 때마다 굉음과 함께 염극의 몸이 크게 휘청거렸다.

"빌어먹을!"

몸을 빼보려고 발버둥을 쳐봤지만 소용이 없었다.

자신을 위해 불나방처럼 달려드는 수하들을 이용해서, 천지를 삼켜 버릴 듯 기세등등하게 타오르는 불길을 이용해서, 또 몸에 지닌 온갖 기물들을 이용하여 찰나의 순간이라도 풍월의 시선에서 벗어나려고 노력을 해보았지만 모두 무위로 끝나고 말았다.

　살수의 길을 걸으며 평생토록 이렇게 무기력하게 농락을 당한 적은 처음이었다.

　"아직도 대답할 마음이 없는 거요?"

　풍월의 비웃음이 귀에 꽂혔으나 신경 쓸 겨를도 없었다.

　파스스슷!

　가공할 힘과 속도로 파고드는 도기에 염극이 필사적으로 몸을 띄웠다. 발끝을 스치고 지나간 도기에 휩쓸린 주변의 불길이 일시에 사라졌다.

　풍월이 땅을 박차고 뛰어올랐다.

　우우우웅.

　사위를 뒤흔드는 웅장한 도명에 염극은 피가 마르는 느낌이었다.

　도명이 멈추고 수십 갈래로 흩어진 도기가 움직일 수 있는 모든 방위를 차단하며 내리꽂혔다.

　유성우처럼 하늘을 화려하게 수놓으며 짓쳐드는 도기를 보며 염극의 낯빛이 하얗게 변했다.

'제길! 완전히 말렸어.'

그때, 한쪽 팔을 잃고 피투성이가 된 원시천이 그의 앞을 막아섰다.

"크아악!"

풍월이 발출한 도기를 고스란히 감당한 원시천은 칠공에서 피를 뿜으며 비틀거렸다.

비틀거리는 원시천을 향해 한 줄기 빛살이 날아들었다. 빛살이 원시천의 목덜미를 스치자 실낱같던 생명 줄이 바로 끊어졌다.

"나를 무시해도 유분수지. 망할 늙은이! 아무튼 미안해요, 풍 공자. 저 늙은이가 이렇듯 어이없게 등을 돌릴 줄은 몰랐네요."

청요가 조심히 사과를 했다. 갑자기 끼어든 원시천과 그런 원시천의 숨통을 끊어버린 불청객이 못마땅한지 풍월이 미간을 잔뜩 찌푸리고 있었기 때문이었다.

"일부러 그런 것은……."

청요가 재차 사과를 하려 하자 풍월이 손을 들어 그녀의 입을 막았다.

풍월은 지금 갑자기 난입한 원시천과 청요로 인해 생긴 찰나의 틈을 이용해 자신의 이목을 따돌리고 은신에 성공한 염극의 행방을 찾고 있었다.

청요가 굳은 표정으로 불길을 피해 몸을 피하자 풍월은 더욱 집중을 하였다. 하지만 전신의 기를 극대화하여 주변을 훑었음에도 염극의 위치를 쉽게 찾아낼 수가 없었다.

사방에서 들려오는 비명 소리와 욕설, 지척까지 이른 불길과 그로 인한 열기 때문에 집중하기가 힘들었다. 무엇보다 염극의 은신술이 훌륭했다.

'분명 근처에 있는데 말이지.'

풍월은 염극이 멀지 않은 곳에 은신해 있음을 느낄 수 있었다. 정확히 어디라고 확정할 수는 없었지만 분명 염극의 것이라 의심되는 기척이 희미하게나마 느껴지고 있었기 때문이다.

"이제 움직여야 합니다, 공자. 매혼루의 살수들은 이미 빠져나갔습니다."

어느새 곁으로 다가온 은혼이 맹렬히 타오르는 불길을 가리키며 말했다. 매혼루가 귀살곡을 위해 준비한 화약과 기름으로 인해 불길은 좀처럼 사그라들지 않고 빠르게 그 영역을 확대하고 있었다.

"아직 듣고 싶은 말을 듣지 못했습니다."

"걱정하지 마십시오. 그자가 아니라도 원하는 말을 해줄 사람은 많이 있습니다."

풍월이 은혼에게 고개를 돌리자 은혼이 씨익 웃으며 말

했다.

"두어 명 확보를 했습니다."

은혼의 여유로운 웃음을 보며 풍월은 그가 꽤나 비중 있는 자를 사로잡았음을 직감했다.

"그래요? 그건 다행이긴 한데 이대로 가기엔 영 마음이 내키질 않네요."

지그시 눈을 감은 풍월이 묵천심공을 전력으로 운용하기 시작했다.

풍월의 기가 급격히 증가하는 것을 느낀 은혼이 황급히 물러나고 그가 물러나기를 기다렸다는 듯 허공에 몸을 띄운 풍월이 칼을 휘둘렀다.

단전에서 시작되어 기경팔맥, 사지백해로 뻗어나간 묵천심공의 기운이 풍월이 휘두르는 칼을 통해 폭발적인 기운을 드러냈다.

굉음을 동반한 벼락이 반경 십여 장에 작렬했다.

천지가 무너지는 듯한 폭음과 함께 벼락이 내리꽂힌 모든 곳이 초토화되기 시작했다.

땅거죽이 뒤집히고 곳곳에 쓰러져 있던 시신들이 갈가리 찢겨 나갔다. 급격히 좁혀오던 불길이 순식간에 사라지는 것은 물론이고 아직까지 불길이 닿지 않았던 갈대들마저 일시에 옆으로 누웠다.

원시천의 죽음과 함께 찾아온 찰나의 기회를 살린 염극은 귀식대법으로 몸을 숨기는 데 성공했다. 도망칠 생각은 없었다. 최후의 한 수를 준비하고 기회를 엿봤다.

하지만 느닷없이 쏟아지는 공격은 그를 당황케 하기에 충분했다. 공격 하나하나에 스치기만 해도 치명적인 타격을 받을 정도로 위력이 담겨 있었다. 결국 버텨낼 방법이 없었다.

풍월과 오 장 가량 떨어진 후미, 쓰러진 갈대들 사이에서 염극의 신형이 솟구쳤다.

귀식대법을 푸는 순간 그의 존재를 눈치챈 풍월의 칼이 움직였다.

꼬챙이처럼 길다란 검을 앞세운 염극의 신형 또한 풍월을 향했다.

몸을 맹렬히 회전시켜 풍월의 공격을 튕겨낸 염극의 검이 풍월의 심장을 노렸다.

바로 그 순간, 절체절명의 위기에 빠져 있던 풍월의 신형이 연기처럼 사라졌다.

완벽한 경지에 이르렀을 때 한 줄기 빛으로 화해 사라진다는 섬환보. 철산도문에서도 오직 한 명, 철산마도만이 이뤄낸 경지를 풍월이 펼쳐낸 것이다.

회심의 미소를 짓던 염극의 눈이 경악으로 물들었다. 조금 떨어진 곳에서 굳은 표정으로 지켜보던 은혼마저 입을 쩍 벌렸다.

염극의 검이 목표를 놓치고 허무하게 허공을 찔렀다.

"크헉!"

풍월의 움직임을 놓치고 공격마저 실패한 염극의 입에서 외마디 비명이 흘러나왔다.

염극은 허리가 부러지는 듯한 통증을 느끼며 검과 함께 바닥으로 추락했다.

끔찍한 고통 속에서도 반격의 기회를 엿보며 바닥을 뒹굴던 염극의 입에서 다시금 비명이 흘러나왔다.

"크으으."

힘겹게 몸을 일으킨 염극의 몸에선 검을 들었던 팔이 사라져 있었다.

"마지막으로 묻겠소. 이유가 뭐요?"

"……."

염극이 침묵을 지키자 풍월은 미련을 두지 않았다. 이유야 어찌 되었든 귀살곡의 살수로 인해 사형은 돌이킬 수 없는 부상을 당했다. 피는 피로 갚아야 하는 법이다.

풍월이 최후의 일격을 가하려던 찰나 염극이 힘없이 입을 열었다.

"화산… 에서의 일은 예상에 없던 일이었다."

풍월의 걸음이 멈추었다.

"아니, 일이 실패했을 경우도 감안했으니 어차피 계획은 되어 있었다고 해야 하나."

"실패? 무슨 일이 실패를 한다는 거요?"

풍월이 물었다.

"그건……."

염극이 고통 때문인지 잠시 말끝을 흐리곤 기침을 해댔다. 기침을 할 때마다 검붉은 피가 흘러나왔다.

풍월은 자신이 사용한 뇌격권으로 인해 염극의 내부가 엉망이 되었다는 것을 알고 있었다. 죽음을 면할 길도 없었다.

"제대로 말해주면 고통은 줄여주겠소."

풍월의 말에 염극이 희미하게 웃으며 고개를 끄덕였다.

"고맙… 풋!"

염극이 피를 토해냈다. 단순히 토한 것이 아니라 풍월을 향해 쏘아낸 것 같았다.

인상을 찌푸린 풍월이 슬쩍 몸을 빼며 호신강기를 일으켰다. 호신강기에 부딪친 피와 잘게 부수어진 내장 조각들이 힘없이 튕겨져 나갔다.

한데 뭔가가 호신강기를 뚫어냈다. 풍월이 그것을 느꼈을 때 그의 손은 이미 위협을 제거하기 위해 움직이고 있었다.

위협은 그것뿐만이 아니었다. 금방이라도 숨이 끊어질 것 같았던 염극의 몸이 그를 덮쳐왔다.

풍월의 손이 염극을 향해 움직였다.

미처 장력을 뿜어내기도 전에 염극의 몸이 폭발하듯 산산조각이 나며 그의 육편이 날아들었다.

깜짝 놀란 풍월이 튕기듯 물러나며 장력을 발출하고 호신강기를 펼쳤다.

대다수의 육편이 장력에 휩쓸려 사라지고 호신강기에 부딪치며 튕겨져 나갔지만 염극이 몸에 지니고 있던 암기 중 일부가 호신강기를 뚫어냈다.

"음."

풍월의 입에서 나직한 신음이 흘러나왔다. 그의 시선이 왼쪽 팔뚝을 향했다.

어떤 암기였는지도 모를 정도로 형체가 부서진 파편이 깊게 박혀 있었다. 옆구리에서도 은근한 통증이 전해졌다.

고개를 숙여 상처를 보는 풍월의 표정이 심각해졌다. 상처 부위에서 묘한 이질감이 느껴졌기 때문이었다. 뭔가 불쾌하고 기분 나쁜 마치 수천 마리의 개미 떼가 피부를 파고드는 듯한 느낌이었다. 속도 메스껍고 급격한 어지러움이 밀려들었다.

'독? 젠장!'

상처 부위를 통해 몸에 독이 침입했다는 것을 직감한 풍월은 왼쪽 팔을 즉시 점혈하고 상처 부위를 길게 찢더니 입을 대고 독을 빨아냈다. 피를 빨아낼 때마다 역겨운 비린내가 코를 찔렀지만 전혀 개의치 않았다.

검게 변색된 피가 붉게 변할 때까지 몇 번이고 피를 뱉어내던 풍월의 신형이 순간적으로 비틀거렸다.

옆구리를 통해 침입한 독이 빠르게 몸을 잠식하고 있음을 느낀 풍월이 묵천신공의 기운을 움직이기 시작했다.

과거 의술의 조예가 깊었던 철산마도를 통해 꽤나 다양한 독을 접했고 지금처럼 중독된 상황을 가정하여 훈련도 했기에 당황하거나 두려워하지는 않았다. 그저 일말의 방심으로 인해 번거로운 일이 벌어진 것이 짜증 날 뿐이었다.

지그시 눈을 감고 묵천신공을 운기한 풍월, 그의 믿음에 보답이라도 하듯 묵천신공의 기운은 외부의 침입자를 완벽하게 제압하고 몰아냈다.

"괜찮으십니까?"

풍월이 눈을 뜨자 은혼이 걱정스러운 눈빛으로 물었다.

"괜찮습니다."

잔뜩 긴장한 표정의 은혼을 보며 풍월은 자신이 독을 몰아내는 동안 몰려드는 그가 거센 불길을 차단하고 혹시 모를 적의 공격에 대비해 호법을 서주었음을 알 수 있었다.

사실 운기조식을 하는 것이 아니라 단순히 운기를 통해 독을 몰아내는 과정이었기에 지금처럼 세심한 호위는 필요가 없었다. 그래도 인사는 해야 했다. 어쨌거나 고마운 것은 고마운 거였다.

"저 때문에 고생하셨네요. 고맙습니다, 은 형."

풍월이 가볍게 웃으며 고개를 숙였다.

"무슨 말씀을. 무사해서 다행입니다. 풍 공자의 심각한 표정을 보고 보통 독이 아닌 것 같아서 걱정했습니다."

"그랬… 나요?"

풍월이 멋쩍은 미소를 지었다. 그렇게 심각한 상황은 아니었다는 말을 굳이 할 필요는 없을 것 같았다.

"그나저나 이제 나가죠. 꽤나 뜨겁네요."

풍월이 대답을 기다리지도 않고 몸을 돌리자 은혼도 곧바로 따라붙었다. 하늘 높이 치솟은 불길이 그들의 앞을 가로막았지만 그다지 문제될 것은 없었다.

눈 깜짝할 사이에 불길을 뚫어낸 풍월과 은혼은 자신들을 기다리고 있는 매혼루의 살수들을 볼 수 있었다.

그리 길지 않은 시간이었음에도 꽤나 치열한 싸움을 벌인 것인지 무척이나 지쳐 보였다. 부상당한 사람도 많았고 처음 봤을 때보다 상당히 줄어든 인원을 감안하면 완벽하게 함정을 파고 기다렸음에도 제법 피해가 발생한 듯싶었다.

"무사해서 다행이오."

염쾌가 피 묻은 얼굴로 말했다.

풍월은 전혀 다행스러워하는 표정은 아니라 생각하면서도

살짝 고개를 숙여 보였다.

"귀살곡주는 어찌 되었습니까?"

강와가 물었다.

"죽었습니다."

"역시 그렇군요."

예상했다는 듯 가볍게 고개를 끄덕인 강와가 불길과 연기로 인해 한 치도 안을 들여다볼 수 없는 갈대밭으로 시선을 돌렸다.

강와는 물론이고 잠시나마 그에게 말을 붙였던 염쾌와 매혼루의 모든 살수가 석상처럼 갈대밭만 바라보고 있었다.

"아직입니까?"

풍월이 조용히 물었다.

"예."

대답하는 강와의 시선은 여전히 갈대밭에 고정된 채였다.

나직한 한숨과 함께 팔짱을 낀 풍월도 갈대밭을 응시했다.

그렇게 일각여의 시간이 흘렀다.

그토록 맹렬했던 갈대밭의 불길도 대부분 사그라들고 연기만이 자욱할 때였다.

다소 불규칙적인 발걸음 소리와 함께 연기가 흩날렸다.

절뚝거리며 걸어오는 사람은 다름 아닌 형응이었다.

"와아!"

초조하게 응시하고 있던 매혼루의 살수들이 일제히 함성을 내질렀다.

"대단… 하네."

풍월의 입에서 감탄사가 흘러나왔다.

형웅이 감추고 있는 실력이 대단하다는 것은 알고 있었지만, 그래도 상대는 일세를 풍미했던 십대고수가 아니던가.

솔직히 이길 확률은 그리 높지 않다고 여겼건만 형웅은 자신의 예측을 비웃기라도 하듯 멋지게 복수를 하고 돌아왔다.

"루주님!"

염쾌를 필두로 모든 이들이 무릎을 꿇고 형웅을 맞이했다.

"다들 오래 기다린 모양이네. 귀살곡 놈들은?"

"삼 할 정도는 포위망을 빠져나갔으나 중요한 놈들은 모조리 제거했습니다. 귀살곡주 또한 풍 공자님의 손에 숨통이 끊어졌습니다."

지금과 같은 상황에서도 침착하기만 한 강와의 보고에 형웅의 시선이 한쪽에서 멀뚱히 서 있는 풍월에게 향했다.

"하하하! 고생하셨습니다, 형님!"

"뭐, 그냥저냥. 너도 고생깨나 한 것 같다."

풍월이 상처로 뒤덮인 형웅의 몸을 바라보며 혀를 찼다. 특히 좌우 관자놀이에서 사선으로 교차하여 난 얼굴의 상처는 아무리 제대로 치료를 한다 해도 그 흔적만큼은 평생 지워지지 않을 것 같았다.

"혈우 노물을 잡는데 이 정도 상처는 양호하지요. 솔직히 운이 좋았습니다."

형웅이 얼굴에서 줄줄 흘러내리는 피를 소매로 대충 닦으며 웃었다.

"참, 태상 영감."

"예, 문주님."

염쾌가 눈물을 훔치며 고개를 들었다.

"쓸데없는 짓을 했던데. 내가 당할 줄 안 거야?"

"믿고는 있었습니다. 하지만 본 루의 미래를 생각했을 때 늙은이의 믿음만을 고집할 수는 없었습니다. 루주님을 기망한 죄는 달게 받겠습니다."

염쾌가 무릎을 꿇었다.

"됐어. 영감이 대기시킨 녀석들이 아니었으면 노물이 아니라 내가 뒈졌을 거야. 옛날 실력을 찾지 못한 것 같은데 솔직히 아직은 역부족이더라고. 그 녀석들 때문에 신경이 분산되지 않았으면 이걸로 끝나지는 않았을걸."

형웅이 자신의 얼굴에 난 상처를 가리키며 웃었다.

"기분은 좀 그랬지만 어쨌거나 태상 영감 덕에 복수도 하고 목숨도 구했으니 과보다 공이 더 많은 셈이야. 그러니까 일어나. 늙어서 그렇게 무릎 꿇으면 큰일 난다고. 아참, 그리고 이건 선물이야."

형웅의 손을 떠난 뭔가가 염쾌에게 향했다. 얼떨결에 그것을 받아 든 염쾌가 놀란 눈으로 형웅을 바라보았다.

"그 노물 눈깔이야. 딱히 태상 영감의 복수를 하려고 한 건 아닌데 아무튼 그래 봬도 살아 있을 때 뺀 거라고."

"루, 루주님……."

감격을 이기지 못한 염쾌의 눈에서 또다시 눈물이 흘렀다. 그런 염쾌의 모습을 키득거리며 지켜보던 형웅이 풍월을 향해 말했다.

"참, 그런데, 형님."

"왜?"

"형님과 우리 사이에 정리해야 할 일이 남… 아 있다고 했지요?"

"그래. 반드시 확인해야 할 일이 있다."

"확인이라. 그… 게 대체 뭐… 랍니까?"

"그건……."

풍월의 대답은 이어지지 못했다.

환하게 웃고 있던 형웅이 그대로 정신을 잃고 쓰러졌기 때문이었다.

풍월은 형웅을 향해 정신없이 달려가는 이들을 바라보며 착잡한 표정을 지었다.

'내 어머니가 누군지, 누가 어머니를 죽이라 사주했는지 알아야겠다.'

절로 한숨이 흘러나왔다. 지금이야 서로 웃으며 대화를 나누었지만 이후에도 과연 웃을 수 있을지 자신할 수가 없었기 때문이었다.

『검선마도』4권에 계속…

초대형 24시 만화방

신간 100%, 샤워실, 흡연실, 수면실(침대석), 커플석, 세탁기 완비

■ 광명 광명사거리역점 ■

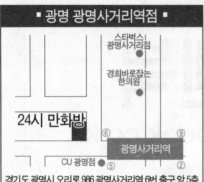

경기도 광명시 오리로 986 광명사거리역 6번 출구 앞 5층
02) 2625-9940 (솔목타워 5층)

■ 강북 노원역점 ■

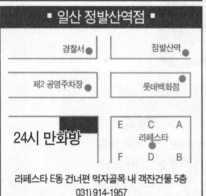

서울 노원구 상계동 340-6 노원역 1번 출구 앞 3층
02) 951-8324 (화용빌딩 3층)

■ 일산 정발산역점 ■

라페스타 E동 건너편 먹자골목 내 객잔건물 5층
031) 914-1957

■ 일산 화정역점 ■

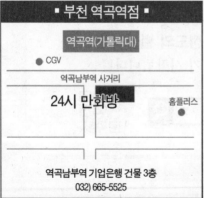

경기도 고양시 덕양구 화정동 984번지 서일빌딩 7층
031) 979-4874 (서일사우나 건물 7층)

■ 부천 역곡역점 ■

라페스타 E동 건너편 먹자골목 내 객잔건물 5층

역곡남부역 기업은행 건물 3층
032) 665-5525

■ 부평역점 ■

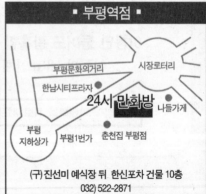

(구) 진선미 예식장 뒤 한신포차 건물 10층
032) 522-2871

기적의 환생

MIRACLE LIFE

박선우 장편소설

FUSION FANTASTIC STORY

"한 사람의 영웅은 국가를 발전시키기도,
타락시키기도 한다."

믿었던 가족들의 배신으로 모든 것을 잃은 최강철.
삶의 의미를 잃은 그는 결국 죽음을 선택하는데……

삶의 끝자락에서 만난 악마 루시퍼!
그와의 거래로 기억을 가진 채 고등학생 시절로 되돌아간다.

다시 얻은 삶.
나는 이전의 비참했던 삶을 뒤로하고 황제가 되어
세상을 질주할 것이다!

Book Publishing CHUNGEORAM

유행이 아닌 자유추구 —
WWW.chungeoram.com

FUSION FANTASTIC STORY

묘재 장편소설

7번째 환생

이 모든 것이 신의 장난은 아닐까.

영원한 안식이 아닌,
환생이라는 저주 아닌 저주 속에서 여섯 번째 삶이 끝났다.

"드디어 내 환생이 끝난 건가?"

그런데 뭔가, 지금까지와 다른데?

"멸망의 인도자 치우, 그대에게 신의 경고를 전하겠어요."

최치우, 새로운 7번째 삶이 시작된다!